FANTASY FRONTIER SPIRIT
이성현 판타지 장편 소설

ARCHIMAGE OF
IMMORTAL

불멸의 대마법사 2

이성현 판타지 장편 소설

초판 1쇄 찍은 날 § 2011년 9월 26일
초판 1쇄 펴낸 날 § 2011년 9월 30일

지은이 § 이성현
펴낸이 § 서경석

편집부장 § 권태완
편집책임 § 박우진

펴낸곳 § 도서출판 청어람
등록번호 § 제1081-1-89호
등록일자 § 1999. 5. 31
어람번호 § 제1-1276호

주소 § 경기도 부천시 원미구 심곡2동 163-2 서경B/D 3F (우) 420-822
전화 § 032-656-4452 팩스 § 032-656-4453
http://www.chungeoram.com
E-mail § chungeoram@chungeoram.com

ⓒ 이성현, 2011

ISBN 978-89-251-2642-5 04810
ISBN 978-89-251-2640-1 (세트)

이성현 판타지 장편 소설

FANTASY FRONTIER SPIRIT

2
Restart

불멸의 대마법사

ARCHMAGE OF IMMORTAL

도서출판 청어람

CONTENTS

Chapter 11
이젠 떠나야 할 때

1

「이, 이건?」

소년은 두 눈을 휘둥그레 뜨면서 오른손을 바라보았다.

서클 1의 마나로 구현되던 주먹 크기의 불길이 아니었다. 소년의 얼굴만 한 불길이 활활 불타오르거 주변을 밝혔다.

「어때? 전과 달라진 느낌이 들어?」

소년을 옆에서 지켜보던 여성은 어린 제자의 몸에 내재되어 있는 마나가 확연히 성장했다는 걸 느꼈다. 하지만 본인에게 직접 물어보았다.

「말로 어떻게 설명해야 할지 잘 모르겠습니다. 예를 들면… 그 뭐냐, 뭔가 뻥 뚫리는 듯한 느낌을 받았습니다.」

「마치 수로를 막아놓은 둑이 터지면서 물이 콸콸 흘러넘치는 그런 느낌?」

「네! 바로 그거입니다!」

거듭된 마법 시전으로 인해 소년의 얼굴에는 피곤한 기색이 역력했다. 하지만 눈동자만은 환희에 벅찬 생기가 돌고 있다.

「앞으로 그런 감각을 몇 번이나 더 느껴야 제대로 된 마법사가 되는 거다. 넌 지금 서클 1의 한계를 넘어서 2에 도달한 거야.」

「정말입니까?」

「제이워드, 내가 거짓말하는 거 봤냐?」

「내, 내가 드디어… 서클 2에…….」

제이워드는 마법을 중단하고서 두 손을 모았다. 그리고 무릎을 꿇고 부들부들 떨면서 기쁨을 주체하지 못했다.

그녀를 따라 마법의 길에 입문한 지 어언 3년, 드디어 처음으로 '성장' 이라는 걸 경험한 소년의 가슴은 벅차 올랐다.

「모두 스승님 덕분입니다. 정말로 감사합니다.」

「감사?」

제이워드의 스승, 샤를로트의 눈매가 가늘고 날카롭게 변했다.

「착각하지 마. 넌 무려 서클 2에 도달한 게 아니라, 이제 겨우 서클 2에 발을 걸친 것뿐이다. 나에게 고맙다는 말을 하고 싶으면 최소한 서클 5는 달성하고 와라.」

그녀의 지적에 천진난만하게 기뻐하던 소년의 얼굴에 그림자가 드리워졌다.

「내 밑에서 얼마나 있었지?」

「3년하고도 2개월 13일입니다.」

「기억력 하나만큼은 나보다 위긴 하군. 그렇게 잘 기억하는 놈이 이제야 서클 2에 도달한 거냐?」

제이워드는 샤를로트의 꾸짖음에 아무 말도 하지 못했다.

「스승이기 이전에 같은 매직 유저로서 말하겠는데, 기쁨과 안도는 앞으로 나아가는 데 가장 큰 적이야.」

샤를로트는 어린 제자를 가르치면서도 스스로의 수련에 조금도 소홀하지 않았다. 그렇게 하지 않으면 마의 벽이라 일컬어지는 서클 6에 도전할 수 없다.

「서클 한 단계 올라갔다고 절대 자만하지 마라. 넌 매직 유저로서 여전히 초보자에 불과해.」

「알겠습니다.」

평상시에도 엄한 그녀였지만 오늘 유달리 제이워드에게 무겁게 대하기만 했다.

「졸리냐?」

「죄, 죄송합니다. 너무 피곤… 해서……..」

한 시간이 넘게 샤를로트 앞에서 계속 가법을 시전했고, 서클 상승으로 인한 기쁨과 더불어 스승의 엄한 충고까지 이어져서일까.

녹초가 된 제이워드는 땅바닥에 풀썩 쓰러졌다.

그런 제자를 샤를로트는 말없이 등에 업었다.

'그래도 잘했다. 역시 내 눈은 틀리지 않았어.'

매직 유저가 서클 1에서 2로 올라가는 데 빠르면 3개월, 길게는 1년에서 2년이라는 시간이 소모되는 게 일반적이다.

제이워드가 소모한 3년이라는 시간은 확실히 늦다. 그러나 글자 하나도 못 배운 빈민가의 소년이 아무것도 모르는 상태에서 시작했다는 걸 감안하면 제법 빠른 편이었다.

「죄, 죄송합니다…….」

눈이 반쯤 감긴 제이워드는 직접 자신을 업어준 스승에게 미안할 뿐이었다.

하지만 막상 샤를로트의 입가에는 미소가 자리 잡고 있었다.

「푹 자렴, 나의 사랑스러운 제이워드…….」

*　　　*　　　*

꿈에서 깨어난 레이지는 멍하니 천장을 바라봤다.

지금으로부터 거의 30년 전의 추억.

그때 느꼈던 희열은 흑백의 이미지로 구현된 꿈처럼 희미하게 남아 있었다.

레이지는 침대 위에서 내려와 창문 쪽으로 걸어갔다.

커튼을 젖히자 은은한 달빛이 그를 맞이했다.

"예전보다 훨씬 빨랐지."

어제 오후, 레이지는 평상시와 다를 바 없이 마나 수련에 몰두했다.

손바닥 위에 불길을 솟아오르게 하는 마법을 시전하던 중, 그의 입에서 피식하는 웃음소리가 절로 흘러나왔다.

30년 전과 똑같이 얼굴 크기만 한 불길이 솟아올랐다. 서클 2로 올라섰다는 간접적인 증거였다.

"그때는 그렇게 기뻐했는데, 지금은……."

그저 무덤덤할 뿐이었다.

원래 도달했던 서클 7의 절대영역에 고작 한 걸음 다가섰을 뿐이다. 30년 전 그때나, 오러 랭크가 올랐을 때 만끽했던 기쁨을 이번에는 전혀 느낄 수 없었다.

하지만 그가 기뻐하지 않는 이유는 또 있었다.

그때에는 비록 단 한 명뿐이긴 했어도 그의 성장을 남몰래 기뻐해 주는 이가 있었다.

어쩌다가 한 번 볼 수 있었던 스승의 미소.

제이워드는 자신의 성장보다 훨씬 기뻤던 그녀의 웃음을 보기 위해 수련에 박차를 가했다. 그러나 그 노력이 결실을 맺기도 전에 샤를로트는 머나먼 곳으로 떠나 버렸다.

"스승님. 전 절대 자만하지 않겠습니다. 당신의 가르침을 영원히 잊지 않을 겁니다."

레이지는 가슴에 손을 가져갔다.

그리고 있어야 할 펜던트가 없다는 걸 알고서 쓴웃음만 지을 뿐이었다.

2

브렌다와의 만남.

매직 유저로서의 한 단계 성장.

그런 변화 속에서도 레이지는 평소와 다름없는 나날을 보냈다.

오러와 마법에 대한 수련은 하루도 거르지 않고 진행되었다. 특히 오러에 관해서는, 예전 생에서 이룰 수 없었던 성장이어서 그런지 나름 보람을 느끼고 있었다.

달라진 점이라면 저택의 사람들과 조금씩 보이지 않게 벽을 쌓아갔다는 사실이다. 브렌다와의 만남 이후로 자신은 이곳에 어울리지 않는 진정한 타인이라는 것을 절실히 느꼈기 때문이다.

그렇다고 해서 일부러 타인을 적대시하진 않았다.

기억을 잃은 이후의 레이지에 대해서는 만난 이들마다 호평 일색이었다. 극히 일부를 제외하고는 만나는 이들 모두가 그에게 관심을 가지고 잘 대해주었다. 물론 레이지 입장에서는 그 누구를 상대하더라도 경계심을 늦추지 않았다.

단 한 번의 방심.

그것 때문에 그는 원래 육체가 아닌 다른 이의 몸을 빌어 새로운 인생을 시작해야 했으니까.

그러나 좌절에 빠질 여유 따윈 없었다. 하루라도 빨리 예전의 힘을 되찾기 위해 쉬지 않고 자신을 담금질해야 했으니까. 다행히도 수련에만 집중할 수 있는 환경이 그에겐 나름대로 나쁘지 않았다.

그러던 어느 날, 레이지가 가문을 떠날 이유가 생겼다.

3

늦은 저녁.

레이지는 다 읽은 마법서를 덮고 옆에 놔두었던 두루마리를 집어 들었다. 마리에타에게 부탁해서 얻어온, 카르도니아 왕국 마법사 협회에서 발간한 소식지였다. 그는 빠르게 두루마리를 읽어나가며 새로운 소식이 없나 확인했다.

"흐음, 이번 달에는 그다지 큰 사건 같은 건 없나?"

중간 정도 읽었을까.

빠르게 움직이던 눈동자가 멈춰 섰다.

"뭐야, 이건?"

소식지를 읽던 레이지의 얼굴이 오만상을 지었다.

"제길, 그년이 결국 일을 벌이려는 거로군."

제이워드의 유일한 제자로 알려진 칸나 M. 오르덴.

그녀가 스승의 유지를 잇기 위한 본격적인 계획에 뛰어들었다는 소식이 적혀 있었다.

불타 버린 제이워드의 마탑 복구 작업, 제이워드만이 쓰던 그만의 고유의 마법 해석, 남들의 눈을 피해 설치한 비밀 연구소 탐사 등이 주 내용이었다.

그가 생전 머무르던 마탑은 심하게 불타 버렸기에 건질 것은 사실상 없다. 지하에 설치된 연구실에는 제이워드 본인이 아니면 접근조차 거부하는 강력한 마나의 장벽이 펼쳐져 있기 때문에 걱정하지 않아도 된다.

문제는 만약의 경우를 대비해 분산 설치한 여분의 비밀 연구소들이다.

혹시라도 모를 상황에 대비해 저장해 둔 여분의 마나와 마법 아이템, 그리고 그가 독자적으로 개발한 마법식이 다른 이의 손에 넘어간다면 지금의 자신을 강하게 만들 수가 없다.

"그때 어떻게 해서든 쫓아가 붙잡았어야 했는데, 젠장."

당시 칸나가 야반도주할 때 이 비밀 연구소들의 위치를 대략적으로 설명해 놓은 지도를 훔쳐갔다.

그때엔 대수롭지 않게 여기고 연구소의 마나 장벽을 좀 더 강화하는 수준에 그쳤지만, 그녀가 다수의 마법사들을 대동하고 탐사를 시작한다면 이야기가 달라진다.

"마나를 확보하기 위해선 그곳들을 포기할 수 없어."

이미 서클 7의 마법 지식을 지니고 있는 레이지 입장에선 마나량만 원래대로 회복시켜도 엄청나게 빠른 속도로 성장할 수 있는 입지를 마련하게 된다. 만약을 대비해 만들어놓은 비밀 연구소에 저장되어 있는 각각의 마나량은 서클 1~2에 해당하는 마나량을 다음 등급으로 손쉽게 올릴 수 있을 정도다.

여태까지의 레이지로선 위험을 감수하면서 예전의 자신이 만들어놓은 비밀 연구소에 들를 필요성을 못 느꼈다. 최소한 마법과 오러 모두 3등급 이상이 되었을 때나 찾을 계획이었다.

"수련은 잠시 중지해야겠군. 이게 훨씬 중요해."

매일 꾸준히 마나량을 늘리기 위한 명상을 거르지 않는다 하여도 예전의 수준으로 돌아가기엔 아직 갈 길이 멀다.

하지만 비밀 연구소의 마나를 손에 넣기만 하면 당장 서클을 올릴 수 있다.

"안 되겠어. 지금 당장에라도 이곳을 떠나야 해."

집안 몰래 도망가는 경우도 생각했지만, 이내 뇌리에서 지웠다.

아버지 케인즈는 레이지의 성장에 큰 관심을 가지고 지켜보고 있다. 만일 아무 말 없이, 혹은 어설픈 핑계를 대고 몰래 떠날 경우 자신을 찾기 위해 추적자를 보낼 가능성이 크다.

집을 떠난 이후 그가 해야 할 일은 가급적 남들에게 알려지지 않아야 하는 것들 투성이다. 결국 허락을 받고 떠나는 방식을 택해야 한다.

"좋아, 먹히나 안 먹히나 한 번 시도해 봐야겠어."

그는 떠날 경우를 위해 나름 구상해 놓은 핑계 거리를 떠올리며 두루마리를 움켜쥐었다.

4

"나에게 할 말이 있다니, 무슨 일이라도 있느냐?"

일주일에 세 번씩, 레이지의 수련을 직접 도와주고 있었지만 따로 이렇게 말할 기회는 없었기에 집무실로 찾아온 아들의 방문이 케인즈에겐 낯설었다.

"긴히 드릴 말이 있어서 그렇습니다."

"그래?"

케인즈는 옆에 서 있던 페리슨에게 손짓으로 물러나도록 명령했다. 문이 닫히면서 케인즈와 레이지 단둘이 있게 되자 묘한 긴장감이 감돌았다.

"현재 저의 오러 랭크가 2라는 걸 잘 알고 계시죠?"

"그래, 오러에 눈뜬 지 1년도 안 되었는데 랭크 2에 들어선 것은 대단하지."

"하지만 여전히 비전을 익힐 수 있는지 아닌지에 대해서는 두렵습니다."

비전 이야기가 나오자 케인즈의 표정이 어두워졌다. 자연스럽게 그의 손은 책상 서랍 안쪽의 여송연 케이스를 향해 뻗어졌다.

"할아버지께선 결국 랭크 4에 머무르셨다고 들었습니다."

"그래, 그것 때문에 그분은 마음고생이 심하셨지. 나와 겨우 랭크 1밖에 차이나지 않았지만."

소드 엑스퍼트와 소드 마스터와의 차이는 단지 랭크 1~2의 높고 낮음에 그치지 않는다. 레이지는 제국과의 오랜 전쟁 동안 많은 오러 유저들을 아군 혹은 적으로 만나면서 그걸 절실히 깨달았다.

케인즈는 레이지의 수련을 도와주면서 동시에 어떻게 하면 가문의 비전을 통해 레이지의 오러를 상승시킬지 매일 연구에 연구를 거듭했다.

하지만 가문이 생긴 이래 해결된 적이 없었던 문제가 쉽게 풀릴 리 만무하다.

"그래서 말입니다……."

레이지는 숨을 한 번 크게 들이마시고 내쉰 뒤 케인즈를 정면으로 바라보았다.

"집을 떠나 홀로 수련에 임하고 싶습니다."

"……."

아들의 요구에 케인즈는 입을 굳게 다물었다.

"사실 저 혼자 몰래 비전에 시도해 볼까 생각도 해봤지만, 예전의 기억이 돌아온 것인지 비전에 대한 기억을 떠올리려고만 하면 식은땀이 절로 흘러내릴 지경이더군요. 그렇다고 지금까지 그래 왔던 것처럼 아버지와의 대련에 매달리기엔 한계가 보인다고 생각합니다."

"나 말고 다른 스승을 초빙한다면 괜찮겠느냐?"

"아버님과 동급, 혹은 그 이상의 오러 유저가 아니라면 의미가 없습니다."

아들의 말에 케인즈는 하던 말을 멈추고 담배 연기를 길게 내뿜었다.

현재 길레터 왕국 내의 소드 마스터는 20여 명.

대부분 귀족 출신이며, 같은 가문이 아니라면 제자로 들이지 않는다. 소드 마스터라는 존재 자체가 가문의 입지와 세력을 넓힐 수 있는 요소이기에 타 가문의 제자는 원칙적으로 배제한다.

자연스럽게 소드 마스터가 있는 가문별로 고유의 비전이 존재한다. 그것을 익히지 못한다면 그 시점부터 소드 마스터에 도달하는 건 사실상 불가능하다.

"우선 네 형이 소속되어 있는 기사단에서 스승을 찾아보는 게 어떻겠느냐?"

"그래 봤자 소드 엑스퍼트이지 않습니까?"

레이지는 한 번 대화의 흐름을 끊고선 케인즈의 표정을 유심히 살펴보았다. 한 눈에 봐도 갈등하고 있음을 알아챌 수 있었다.

"사실 어젯밤 아무런 말없이 떠나볼까 하는 생각도 해보긴 했습니다만, 괜한 걱정을 끼쳐 드리는 거 같아서 꾹꾹 참았습니다. 솔직히 말하면 가문이 아닌 가문 밖의 다른 세상도 경험해 보고 싶습니다."

"너는 너무 어려."

어리다는 말에 레이지의 입술이 순간 씰룩거렸지만 케인즈는 알아채지 못했다.

"하지만 이제 곧 열여덟 살이 됩니다. 아버지께서는 열일곱 살 때 전쟁터에 나서지 않았습니까? 그런 위험한 곳도 아닌, 마음을 비우기 위해 여행 겸 수련을 떠나는 것 정도야 용납해 주실 거라 믿습니다.

"수련이라는 과정은 잘 될 때도 있는 반면, 뒤로 물러서야 할 때도 있는 법이다. 정 네가 그러하다면 내 별장을 빌려줄 테니 거기에서 혼자 머무르면서 머리를 식혀보는 건 어떠하냐?"

비록 당장 비전을 익힐 수 없는 몸이라고 해도 현재 레이지의 성장 속도는 케인즈의 눈에도 놀라울 따름이었다.

그 아들의 성장을 계속 지켜보고 싶었다. 고작 비전을 익히지 못한다는 좌절감 때문에 아들을 자신의 손이 닿지 않는 곳으로 떠나보내긴 싫었다.

"아닙니다. 전 절 알고 있는 이들의 눈에 닿지 않는 곳으로 떠나고 싶습니다."

"휴우……."

고민에 빠진 아들의 심정을 이해 못하는 바는 아니었다.

그 역시 비전을 익히기 위해 수많은 고난을 거쳐가야 했고, 자신의 앞을 가로막고 있는 벽을 넘어서지 못한 좌절감에 전쟁터로 뛰어들기도 했다. 젊었던 시절에 한 번씩은 거쳐가는 성장통이라 생각하고 있었다.

"되도록 길레터 왕국에서 멀리 떨어진 곳에서 수련에 임하고 싶습니다."

"정녕 떠나려는 거냐?"

"혹시 저를 대신 지도해 주실 아는 분이라도 있으시다면 추천해 주셔도 좋습니다. 단, 아까 말한 대로 최대한 이곳에서 멀리 떨어진 곳으로 부탁드립니다."

예전처럼 호통으로 물러나게 할 아들이 아니었다.

케인즈는 한숨을 크게 내쉬며 두 눈을 감았다.

"잠시 생각 좀 하겠다."

그가 현역으로 왕성하게 활동하던 시절, 그와 함께 사투를 헤쳐나갔던 동료들을 하나씩 떠올렸다.

우선 후계자가 있는 귀족 출신의 오러 유저들은 제외했다. 후계자가 없거나 일부러 키우지 않는 자들을 기억 속에서 추려냈다. 하지만 그가 거쳐갔던 제국과의 전쟁이 워낙 격렬했던 터라 살아남은 이들은 거의 없었다.

'아, 그 녀석이 있었지. 하지만 괜찮을까?'

유독 괴팍한 성격인지라 다른 소드 마스터와 어울리지 못했지만 케인즈와는 잘 지냈던 얼굴이 희미하게 떠오르기 시작했다.

다행히 아들이 원하는 대로 걸레터 왕국에서 멀리 떨어진 엘번 섬에 머물고 있고, 귀족이긴 해도 따로 가정을 꾸미지 않고 홀로 살고 있는 남자였다.

"흐음, 아는 소드 마스터가 한 명 있긴 하다. 그 녀석이라면 실력도 있으니 문제없을 거다."

"그렇습니까?"

사실 괴팍한 정도에서 끝나지 않아서 문제였지만, 레이지 역시 일반적인 상식으로 판단하기엔 유별난 아이라 잘 어울리지 모른다는 계산도 섞여 있었다.

"아버님, 여기서 멀리 떨어져서 수련하고픈 이유가 단지 그것뿐만이 아닙니다."

여전히 아들을 보내야 하나 말아야 하나 갈등하는 케인즈에게 결정타를 먹이기 위해 레이지는 '반드시 떠나야만 하는 이유'를 말하기 시작했다.

"포르테 가문의 펠튼님을 아십니까?"

"알다마다. 곧 사돈이 될 집안의 어르신 아니더냐."

"그분이 말입니다, 절 직속 제자로 들이시려고 하는 것 같습니다."

"뭐?"

케인즈는 입에 물고 있던 잎담배를 떨어뜨렸다.

"제가 취미 삼아 마법에 대해 공부하고 있다는 것은 아시지요?"

"그렇지. 난 네가 혹시라도 매직 유저의 길로 가지 않을까 하는 생각도 하고 있었다."

"그럴 생각은 없습니다. 하지만 무슨 이유에서인지 펠튼님께선 저에게 매직 유저로서 대성할 소질을 가지고 있다면서 어떻게든 절 제자로 받아들이시려고 하더군요."

그 말은 사실이었다.

마리에타는 올 때마다 언제든지 괜찮으니 할아버지의 제자가 되어달라고 설득하곤 했다.

"흐음, 네가 매직 유저로서의 소질까지 갖추고 있다는 건 아버지로서 흐뭇하구나. 하지만 크로이덴 가문은 대대로 오러 유저를 배출한 무가이니……."

케인즈는 아들이 다른 분야에서도 인정받는다는 사실에 살짝 웃음을 지었지만 이왕이면 오러 유저로 성공하길 바라고 있었다.

"혹시 마법사가 되고 싶은 건 아니냐?"

"글쎄요?"

레이지는 일부러 애매하게 대답하면서 케인즈의 반응을 기다렸다.

"흐음, 복잡한 문제로구나."

아니나 다를까.

그는 혹시 자신의 고집 때문에 매직 유저로 가고픈 아들의 의지를 꺾은 게 아닌가 싶어 전전긍긍하고 있었다.

"펠튼님이 그렇게 말하실 정도면 넌 오러가 아닌 마법에 진정한 소질이 있을지도 모른다. 비전 문제도 그렇고. 혹시 내가 신경 쓰이는 거라면……."

레이지는 오른손을 내밀어 케인즈의 말을 끊었다.

그리고 자신을 가리키며 살짝 미소를 지었다.

"지금 제가 입고 있는 옷, 쓰고 있는 검, 매일 먹는 식사가 제가 직접 벌어서 마련한 건 아니지 않습니까?"

그는 근본적으로 편하게 자라온 귀족 출신들을 경멸한다.

그것은 다름 아닌, 그들이 고생없이 자라온 이유 자체를 종종 부정하고 제멋대로 구는 그 성향 자체가 엄청 짜증났기에.

"부모에게 모든 걸 받았으면서 부모의 뜻을 거역하는 건 어린애들의 징징거림이죠. 최소한 받은 만큼 돌려준 뒤에야 그래야죠. 아니면 더 이상 받기를 거부하든지. 안 그렇습니까?"

"그렇게 생각하고 있느냐?"

"부모자식간이라고 해도 일방적으로 주기만 하는 것, 받기만 하는 것은 영 내키지 않습니다."

세상을 살아가기 위해선 남에게 받은 것만큼 주어야 한다.

그것은 자식과 부모 관계라 해도 제외되지 않는다. 이는 부모덕이라는 걸 경험해 보지 못했던 그였기에 나올 수 있는 발상이었다.

"이대로 계속 집에 머물고 있다면 펠튼님께서 절 억지로라도 데리고 갈지 모릅니다."

"그, 그건 곤란하지."

"그분의 눈을 피할 겸해서 가는 것이기도 합니다."

"그런 이유라면 어떤 수를 쓰더라도 지원해 주겠다. 내 당장 내 지인에게 편지를 보낼 테니 걱정하지 말거라."

케인즈의 확답을 얻어내자 레이지의 입가에 살짝 미소가 자리 잡았다.

5

그로부터 보름 뒤.

케인즈의 전우, 크루제이커의 답장이 크로이덴가에 도착했다. 혹독하게 굴려도 원망하지 말라는 그 특유의 괴팍한 성격이 그대로 묻어나는 답장을 읽은 케인즈는 씁쓸하게 웃으며 둘째 부인의 초상화를 바라보았다.

"당신이나 그 아이나 내 곁을 떠나려고만 하는구려."

굳이 말로 표현 안 해서 그렇지, 훌륭하게 성장한 케이지보단 아직 미숙했던 레이지 쪽에 더 애정이 느껴졌던 건 사실이었다.

하지만 그걸 드러냈다간 두 아들 간의 사이가 어색해질 것을 두려워해 유독 레이지에게 엄하게 굴었다. 그 결과 마나 컨트롤 실패로 쓰러지는 결과까지 낳아버렸다.

"당신의 아이는 훌륭하게 자랐다네. 당신이 그걸 살아서 봤어야 했는데……."

케인즈는 아직 대낮임에도 와인잔을 기울였다.

탁자 위에는 텅 빈 와인병들이 가지런히 자리 잡고 있었다. 기쁘면서도 동시에 슬픈 지금의 심정으론 술밖에 그를 위로할 수 있는 수단이 없었다.

케인즈는 자신의 속마음도 모른 채 수련을 멈추지 않는 레이지를 떠올리며 흐뭇해했지만 동시에 애석하기도 했다.

"어쩌면 내가 알던 레이지는 그날 이후로 사라졌을지도 모르겠더군. 당신에게 너무나 미안해."

더 이상 아들에게 해줄 것이 없는 아버지만큼 허망함을 느끼는 존재는 드물다.

반면 레이지는 홀로 수련장에서 해가 뜰 때부터 질 때까지 구슬땀을 흘리며 검을 휘둘렀고, 집에 돌아와서는 마법서를 뒤적이다가 뒤늦게 잠들곤 했다.

그렇게 시간은 하루하루 흘러갔다.

Chapter 12
그 누구도 날 막아설 수 없다

1

베르시아 신성력 1393년 3월 2일.

레이지 크로이덴은 오늘을 기점으로 열여덟 살을 맞이했
다.

다른 귀족처럼 성대한 생일 파티를 주최하지 않는 가문 성
격상 '조용하게' 지나갔다. 그 조용하다는 기준도 친한 이들
만 몇 명 불러서 조촐하게 생일 파티를 치르는 정도였다.

하지만 그 다음날에 레이지가 가문을 떠나는지라 파티마
저 열리지 않았다. 저택 내 분위기는 매우 무거웠고 케인즈는
자신의 집무실에서 홀로 와인을 들이켰다.

레이지는 평상시와 다를 바 없이 오러 수련을 마치고 저택으로 돌아왔다. 방으로 돌아와 보니 하녀들이 미리 가지고 갈 짐을 꾸려놨다. 그는 짐을 다시 풀어헤쳐 반드시 필요한 물건들만 간소하게 챙기고 나머지는 침대 옆에 쌓아두었다.

"마치 전쟁터에 나가는 기분 같아."

예전 제이워드로 살아가던 당시, 마탑 밖으로 나갈 때엔 반드시라고 할 정도로 전쟁터를 향해서였을까. 20여 년 전 처음 전쟁에 나섰던 때를 떠올린 그의 입가에 작은 미소가 자리 잡았다.

스승에 대한 복수를 유일한 목적으로 삼고, 아무것도 모르는 상태에서 참가했던 전쟁.

웃고 떠들며 맛없는 식사를 억지로 삼켰던 동료가 다음날 싸늘한 시체가 되어 파묻히는 걸 본 날, 밤새 두려움에 떨며 울었던 기억마저 흐릿해질 정도였다.

그렇게 위험한 전투에선 결국 살아났으면서 정작 죽을 땐 동료의 배신으로 어이없이 숨을 거두었다는 게 아이러니했다.

똑똑.

창밖에 떠오른 달을 바라보며 회상에 잠긴 그의 등 뒤에서 노크 소리가 들렸다. 페리슨이 차를 가져오는 시간대였기에 굳이 뒤돌아보지 않았다.

"들어와."

문이 열리는 소리에 이어 닫히는 소리가 작게 들렸다.

하지만 그윽한 차의 향기가 느껴지지 않았다.

"레이지."

오래간만에 들어보는 음성에 레이지의 몸이 움찔거렸다.

"마리에타님이시로군요, 오래간만입니다."

그는 여전히 창밖을 바라보기만 했다. 자연스레 마리에타에게 등을 돌린 자세가 되었다.

"레이지, 어떻게 된 일이죠?"

"어떻게 된 일이라뇨?"

"언니에게 들었어요. 저택을 떠나 홀로 수련에 임한다면서요?"

다소 격앙된 마리에타의 어투가 심상치 않았지만 레이지는 굳이 뒤돌아보지 않았다. 그녀가 어떤 표정을 짓고 있을지 그의 눈앞에 선명하게 그려졌다.

"여러 가지 사정 때문입니다. 가문의 비전을 익힐 수 없다는 걸 알았고, 그리고……."

"왜 그렇게 오러에 매달리는 거죠?"

그녀가 레이지의 말을 도중에 끊었다.

레이지는 굳이 그녀에 말에 대답할 필요성을 느끼지 못했다. 너무나 간단한 대답밖에 안 떠올랐기에.

'그거야… 예전의 나보다 더 강해져야 하거든.'

그에게 있어서 매직 유저로서 강해지는 방법은 의외로 간단하다. 마법 그 자체에 멀어지지 않기 위해 낮은 서클의 주문을 간간이 익히면서 마나량을 예전 수준으로 성장시키면 된다. 그렇게 서클 7에 다다르면 죽기 전의 제이워드만큼 강해질 수 있다.

하지만 다시 죽지 않기 위해선 예전의 힘만으로는 부족하다. 마법말고 다른 힘도 필요하다.

다행히 제이워드와 달리 레이지의 육체는 오러에 적합하다. 그 행운을 절대 놓쳐서는 안 된다.

"앞으로 나아가기만 하다가 좌절하면 누구든지 레이지 당신처럼 방황할 거예요. 당신의 마음을 이해 못하는 건 아니니까요."

"그렇게 마음 써주시니 고마울 따름입니다."

레이지는 웃으면서 유리창에 비친 마리에타의 얼굴을 힐끗 쳐다봤다.

'오히려 방황하는 쪽은 내가 아니라 너 같군. 뭐, 그런 마음고생도 젊을 때엔 반드시 거쳐가야 하는 일이니 이해 못하는 건 아니야.'

굳이 뒤돌아 직접 확인하지 않아도 창문에 비춰진 그녀의 안색은 그리 좋아 보이지 않았다.

"앞으로는 어떨 계획이죠?"

"우선 아버지께서 소개시켜 드린 새 스승님을 찾아갈 예정입니다.”

물론 그 스승을 당장 찾아갈 생각은 없다.

제이워드의 유일한 제자라고 자청하는 칸나가 본격적으로 활동하기 이전에 조금이라도 더 많은 티밀 연구소를 찾아야 하니까.

마리에타는 숨을 크게 들이쉬더니 무언가 결심을 한 표정으로 고개를 들었다.

“레이지, 몇 번이나 말한 거지만⋯⋯.’

“펠튼님의 직속제자가 되라는 권유 말입니까?”

“네.”

“그건 계속 거절하지 않았습니까?”

“당신이 가문의 비전을 익히지 못한다면 그것이 오러 유저로서의 한계일 거예요. 내가 알고 있는 당신의 성격이라면 오러에 쓸데없이 매달리지 않고 이미 익숙한 매직 유저의 길을 택할 거예요. 안 그런가요?”

마리에타의 날카로운 지적에 레이지는 입을 다물었다.

그녀의 말 자체는 확실히 맞았다. 레이지가 굳이 오러를 고집하는 이유 중 하나는 이곳에서 떠날 구실을 마련하기 위해서이기도 하니까.

“매직 유저로서 당신이 지닌 자질은 놀라워요. 왜 그걸 애써 개발하려고 하지 않는 거죠?”

‘자질이라⋯⋯.’

레이지는 자신도 모르게 입에서 웃음이 터져 나오려는 걸 간신히 참았다.

'내 앞에서 매직 유저로서 자질을 논하다니, 아직 10년은 일러.'

그렇다고 옛날처럼 불쾌하게 받아들이지는 않았다.

자신의 자질을 파악하고 있다는 이야기가 그렇게 나쁘게 들리지만은 않았다.

"고마운 말씀이지만 사양하도록 하죠."

"너무 쉽게 대답하지 말고 다시 한 번, 곰곰이 생각해 봐요. 당신이 오러 유저로서 탁월한 성장을 보여주고 있다는 것을 저도 잘 알고 있어요. 하지만 그 이상 매직 유저로서 성공할 거라는 직감이 강하게 들어요."

"고작 룬 문자 줄줄 읊는 것만으로 말입니까?"

"당신이 한 달도 안 되는 기간 동안에 익힌, 그 고작이라고 말하는 것 때문에 전 거의 반년 이상 고생했어요."

"제가 한 달 만에 룬 문자를 익혔다는 판단은 어디에 근거한 겁니까?"

"그야 당신이 쓰러진 후 익혔다고 생각하니까요. 당신은 거의 모든 기억을 잃지 않았나요? 그러면서 룬 문자에 대한 것만 예전부터 기억하고 있다면 그것만큼 웃긴 기억상실증은 없다고 봐요."

"그전부터 익히고 있다는 가능성 자체는 완전히 배제하는 겁니까?"

"그랬다면 진작 예전에 저에게 자랑했을 게 뻔해요. 그때의 당신은 저의 관심을 조금이라도 끌기 위해 안달이었으니까요."

레이지의 말에 마리에타는 단 한마디도 지지 않고 맞섰다.

이제까지 쌓였던 선입관을 무너뜨리는 훌륭한 반격이었다.

'호오, 이 여자 봐라? 나와 그동안 이야기를 주고받더니 꽤 영리해졌어. 역시 서클 5는 우연히 딴 건 아니로군.'

진작 이런 모습을 보여주었다면 마리에타에 대한 레이지의 태도가 훨씬 더 부드러웠을 것이다.

"게다가 지난번에 쓴 마법은 꽤 수준급이었어요."

"그래 봤자 서클 2짜리 마법에 불과할 따름입니다. 그것도 룬 문자의 힘으로 억지로 1단계를 올린 것이죠."

"당신이 오러에 미련을 버리고, 할아버지의 제자가 되어 마법에만 몰두한다면 5년 이내로 서클 5에 도달할 거예요. 제 이름을 걸고 장담할 수 있어요."

"5년? 너무 띄워주시는 거 아닙니까?"

"전 마법에 관해서는 절대 거짓말을 하지 않아요."

"5년이라……. 참으로 짧은 기간이로군요."

마법에 갓 입문한 매직 유저라면 도저히 거부할 수 없는, 군침이 도는 제안이었다. 하지만 레이지로선 1초도 고려해

볼 가치가 없는 말에 불과했다.

'아무래도 이대로 대화가 진행되다간 끝이 없겠어.'

마리에타의 새로운 면을 보는 건 꽤나 신선한 충격이었지만 그의 발길을 붙잡을 정도로 매력적이진 못했다.

"마리에타님, 그렇게 제가 떠나는 게 못마땅합니까?"

레이지가 갑자기 핵심을 파고드는 질문을 내던지자 마리에타의 표정에 당혹함이 자리 잡았다.

그녀는 호흡을 몇 번 가다듬더니 손으로 앞머리를 뒤로 쓸어 올렸다.

"네. 맞아요. 전 당신이 이런 식으로 제가 보이지 않는 곳으로 떠나는 걸 원치 않아요."

"나 역시 마찬가지다!"

2

"어찌 감히 나에게 이야기도 없이 떠나려고 하느냐!"

갑자기 문이 발칵 열리면서 우렁찬 목소리가 방 안에 가득 울려 퍼졌다.

"하, 할아버지?"

마리에타는 얼굴이 빨갛게 달아올랐다. 나름대로 용기를 내어 말한 고백이 이런 식으로 방해받을지는 꿈에도 생각 못 했기 때문이다.

"왜 하필 지금 들어오시는 거예요!"

"널 보고 있자니 복장이 터져서 그렇다. 이놈을 붙잡으려면 좀 더 화끈하게 밀어붙여야지!"

"할아버지!"

레이지는 오른손으로 얼굴을 감싸며 눈썹 사이를 찡그렸다. 혹시 나타날지 모른다고 대충 예상은 했지만 이런 타이밍에 들이닥칠 거라고는 상상조차 못했다.

"집을 떠난다면 당연히 나의 마탑으로 와야지, 어딜 간단 말이냐?"

펠튼은 길게 기른 수염을 매만지며 레이지에게 다가갔다. 그리고 오른손을 그의 어깨에 턱하니 올려놓았다.

"이대로 떠난다면 네 형과 내 손녀 안젤라와의 약혼을 다시 생각해 봐야겠구나."

"여기서 왜 형 이야기를……."

"오호라? 이녀석, 어느새 서클이 한 단계 올라갔구나! 얼마 전까지만 하더라도 아직 서클 1에 불과했는데 말이지. 역시 넌 매직 유저의 길을 걸어야 한다."

레이지의 마나 서클이 2로 상승했음을 단번에 알아낸 펠튼의 입가에 흐뭇함이 자리 잡았다.

반면 레이지는 신경질적인 반응을 보이며 펠튼의 손을 거칠게 쳐냈다. 창문에 비친 노인의 얼굴은 흐뭇함에서 어느새 음흉한 미소로 바뀌어 있었다.

'침착해지자. 저 노인의 흐름에 휘말리면 안 돼.'

그는 숨을 천천히 고르면서 냉정함을 되찾았다.

'특별한 일이 없는 이상, 내가 다시 가문으로 돌아올 이유
는 없어. 그런 판국에 내가 떠난 이후의 일까지 걱정할 필요
는 없잖아?'

설사 펠튼이 진짜로 깽판을 부려 케이지와 안젤라의 약혼
이 깨진다 해도, 이미 먼 곳으로 떠나 있을 레이지를 다시 불
러들일 이유는 되지 못한다. 그리고 레이지 본인이 돌아오길
거부해도 되고.

'보통의 열여덟 살이라면 저 영감탱이의 협박에 굴복했겠
지. 뭐, 나이를 떠나 조금만 사리판단할 줄 알면 말도 안 되는
소리에 불과해.'

펠튼 자체에 대한 반감 때문에 잠시 이성을 잃었을 뿐, 레
이지의 입가엔 펠튼과 다른 의미의 미소가 자리 잡았다.

'하지만 나에 대한 그 알 수 없는 집념 자체는 여기서 끊어
야 해. 어떻게 해야 할까?'

펠튼의 제안을 받아들이는 척하며 야반도주하는 방법.

자신에게 명백히 호감을 보이고 있는 마리에타를 꼬드겨
서 같이 도망친 다음 그녀를 버리고 홀로 떠나는 다소 비열한
수법.

'아냐, 왠지 유치하기만 해. 확실하게 찍소리 못할 방법으
로 어떻게든 해야 해.'

레이지는 턱을 매만지며 생각에 잠겼다.

제이워드였을 때 만났던 펠튼은 지금보다 나이가 적었을 뿐 하는 행동이나 사고방식은 거의 판박이였다. 오히려 그때보다 입지가 올라간 탓인지 더 막 나가는 편이었다.

'저 영감탱이가 옛날에 어땠더라. 서클 6 주제에 나에게 종종 마법 대련을 신청하곤 했었지? 매번 깨진 주제에.'

비록 당시 제이워드에게 구박 혹은 무시만 당했지만, 서클 6의 실력은 결코 운으로 따낼 수 없었다. 그만큼 역량을 지녔지만 한 단계 위인 제이워드의 상대로는 턱없이 모자랐다.

펠튼은 제이워드를 어떻게든 이겨보기 위해 여러 가지 다양한 마법을 구사해 빈틈을 노렸다. 하지만 그가 구사하는 마법들을 하나하나 챙겨본 제이워드는 강력한 마나 장벽으로 일체의 공격을 허용하지 않았다. 일부러 그의 마나가 다 떨어질 때까지 가만히 서 있던 적도 있지만, 대부분 기다리기 지겨워서 마법 한 방으로 날려 보냈던 기억이 생생하게 떠올랐다.

'마법 자체는 나쁘지 않았는데 적재적소에 어떤 마법을 써야 하는지는 좀 부족했어. 그때와 별 차이 없다면 상대하는 게 그리 어렵지만은 않을 거야.'

하지만 레이지의 판단에는 현재로써 거의 불가능한 전제조건을 기본으로 깔고 있었다.

'문제는 지금의 난 고작 서클 2야. 너 등급이나 차이나는

마나량을 커버할 방법이…….'

있었다.

레이지는 완전히 소외되어 버린 마리에타를 바라보며 살짝 미소 지었다.

"저런 할아버지 밑에 있으려면 고생이 꽤 심하셨겠습니다."

"네? 아, 아니에요."

조용히 떠나려던 결심은 이미 사라진 지 오래.

레이지는 자리에서 일어선 뒤 펠튼을 바라보며 가소롭다는 표정을 지었다.

"제가 왜 당신의 제자가 되지 않길 원하는지 아십니까?"

"말해봐라."

"당신으로부터 마법에 대해 조금이나마 배울 점을 찾지 못했기 때문입니다."

"이놈 봐라? 그 사이 서클 하나 올렸다고 기고만장하는 거냐?"

고작 서클 2의 매직 유저에 불과한 레이지에게 서클 6인 자신이 매도당할지는 몰랐다. 펠튼은 가소롭다는 표정으로 레이지와 눈싸움을 시작했다.

"자질이 좀 있다고 아주 막 나가는 거냐?"

"물론 말로만 해서 통하지 않겠죠."

레이지는 여전히 얼굴이 달아오른 마리에타를 흘낏 쳐다

본 뒤 알 수 없는 미소를 지었다.

"직접 증명해 드리겠습니다."

3

레이지와 마리에타, 그리고 펠튼이 도착한 곳은 평소 레이지가 수련을 하던 크로이덴 가문 전용의 수련장이었다.

레이지는 걱정스러운 눈초리로 따라온 집사 페리슨과 하녀 크레아를 돌려보낸 뒤 주먹을 매만지며 우두둑 소리를 냈다.

"정말 날 이기겠다고?"

펠튼은 이 어린 소년이 당돌함을 넘어서 무모함에 치닫고 있는 게 썩 마음에 들지 않았다.

자신과의 마법 대련에서 진다던 더 이상 제자로 들이겠다는 고집을 부리지 말라는 레이지의 제안.

펠튼 입장에선 그저 어이가 없을 뿐이었다.

그러나 레이지의 저 알 수 없는 자신감의 근원이 뭔지 궁금해지기 시작했다. 결국 펠튼은 뭔가 석연찮음을 느끼면서도 레이지와의 대련에 응했다.

"지금이라도 늦지 않았다. 오만함을 사과하고 용서를 빈다면 기꺼이 널 제자로 받아들여 주지."

"그렇게 포용력이 넓으시면서 형의 약혼 건을 치졸하게 들먹이는 이유를 모르겠군요."

"치졸해도 좋다! 제법 싹수가 보이는 제자 하나 얻는 거에 비하면 아무것도 아니다."

레이지는 심호흡을 크게 한 뒤 목을 좌우로 젖히며 몸을 풀었다.

"한 가지 물어볼 것이 있습니다."

"뭐냐?"

"전 그저 취미로 룬 문자를 익히고, 취미로 낮은 서클의 마법 몇 개를 익힌 것에 불과합니다. 그럼에도 왜 저 같은 초보자에게 제자 자리까지 제안하는 겁니까?"

레이지가 쓴 마법이 그렇게 대단한 것이 아니고, 룬 문자에 통달했다는 것 역시 냉정히 따지면 크게 놀랄 일은 아니다. 적어도 레이지 본인은 그렇게 여기고 있다.

"넌 마법에 통달하지 못해서 잘 모르겠지만……."

펠튼은 그윽한 눈빛으로 맞은편에 있는 레이지를 바라보며 길게 자라난 수염을 쓰다듬었다.

"널 보면 매직 유저로서 뭔가 범상치 않은 무언가를 가지고 있다는 게 느껴진다. 이건 말로 설명할 수 없는 영역의 문제다. 어차피 넌 설명을 들어도 이해 못할 게야."

그의 말에 레이지는 피식하는 웃음소리를 내며, 이제는 희미해진 옛 기억을 떠올렸다.

'예전 스승님이 했던 말과 똑같군.'

길거리의 소매치기에 불과했던 자신을 이끌어준 샤를로트의 말이 귓가에 생생히 되살아났다.

'역시 이 망할 영감도 서클 6의 마법사란 이야기로군. 괜히 길레터 왕국의 대마법사로 불리는 게 아니었어.'

하지만 펠튼은 샤를로트가 아니다.

제이워드에게 있어서 마법 스승은 단 한 명뿐이었고, 레이지로 되살아난 지금에도 계속 한 명이어야 한다.

"그런데 아무리 생각해도 이건 내가 이길 수밖에 없지 않느냐?"

"그래서 말입니다, 서클이 좀 낮은 마법으로 상대해 주시지 않겠습니까?"

서클이 높은 매직 유저가 낮은 쪽을 이기는 건 당연한 이야기다.

물론 서클 차이가 1이나 2일 때겐 반드시 그렇진 않다.

문제는 4씩이나 차이날 땐 누가 이기고 질지 뻔하다.

"좋다. 그런 제약이라면 당연히 받아들여야지. 하지만 같은 서클의 마법이라 해도 날 이길 수 있다고 생각했다면 큰 오산이다."

오러나 마법에 있어서 등급만큼 중요한 요소가 있다.

그것은 바로 경험. 수십 년간을 매직 유저로 살아온 펠튼에게 경험은 그 누구도 따라오기 힘든 이점이다.

"그렇다면 서클 2의 마법으로? 아니, 넌 어차피 룬 문자로 마법을 구사할 테니 서클 3이 되겠군. 그 정도면 충분하겠냐?"

"아닙니다. 그렇게까지 낮출 필요는 없습니다."

레이지는 주머니에서 장갑을 꺼내 양손에 꼈다. 보통 물건이 아님을 알아챈 펠튼의 입에서 감탄사가 터져 나왔다.

"허어, 마법 아이템까지 스스로 제작할 정도란 말이냐?"

지난번 제나 일당의 습격을 받았을 때 사용했던 장갑과 동일한 물건이었다.

레이지는 장갑에 마나를 살짝 불어넣으며 제대로 작동하는지 확인한 뒤 손짓으로 마리에타를 불렀다.

"마리에타님, 부탁 한 가지만 해도 되겠습니까?"

"네? 어떤 걸……."

돌연 레이지가 자신의 오른손을 붙들자 마리에타는 화들짝 놀라며 말을 잊어버렸다.

"당신의 마나, 잠시 빌려 쓰겠습니다."

말이 끝나자마자 레이지의 입술이 빠르게 움직이며 룬 문자를 발음했다.

"어? 어……."

마리에타는 갑작스럽게 찾아온 현기증에 비틀거리더니 두 다리에 힘이 빠지면서 제자리에 풀썩 주저앉았다.

레이지는 기절해 버린 마리에타를 두 손으로 안아 올린 뒤 멀리 떨어진 나무에 기대도록 놔두고 원래 자리로 돌아왔다.

"흐음, 이 정도면 10분에서 15븐 정도까진 가능하겠군."

레이지는 오른손을 폈다 쥐었다를 반복하며 새롭게 얻은 마나의 강도와 유지 시간을 파악했다.

펠튼은 뭔가에 홀린 듯 얼빠진 표정으로 그를 바라보고 있었다.

"마나 드레인(Mana Drain)을 처음 보십니까?"

"아, 아니. 그게 아니라…… 그, 그렇게 빨리 마리에타의 마나를 흡수했단 말이냐?"

서클 3에 해당하는 마법 마나 드레인은 최소 몇 분 동안 시전한 뒤에야 상대의 마나를 빼앗을 수 있다. 레이지처럼 순식간에 끝내는 경우는 50년 넘게 마법사로 살아온 펠튼으로서도 처음 봤다.

"딱 한 단계만 낮추시면 됩니다."

"자네, 설마?"

"서클 5입니다. 서클 3가 아니라 5. 확실히 기억해 두시길 바랍니다."

4

레이지는 오른손을 허벅지에 가져가 주문을 외웠다.

그러자 빛이 발생하며 두 다리를 휘감더니 이내 사라졌다.

시험 삼아 좌우로 스텝을 밟자 평소보다 더 빨리 움직일 수 있었다.

"자, 갑니다!"

레이지는 말을 마치자마자 펠튼과의 간격을 3미터에서 0으로 만들었다. 레이지는 불길에 휩싸인 왼손을 뻗었지만, 마나로 형성된 벽이 왼손 앞에 형성되었다가 사라지면서 그를 밀쳐냈다.

'마나의 장벽이로군. 그 짧은 시간 동안 주문을 완성했다는 이야기인가? 역시 서클 6의 마법사다워.'

레이지는 살짝 감탄하면서 오른손을 빙빙 돌렸다.

"진짜 나와 한바탕 해볼 생각인가?"

워낙 믿기 어려운 상황이 짧은 시간 동안 반복되어서였을까. 펠튼은 그와의 대련에 주저하고 있었다.

"이렇게 하지 않으면 절 끝까지 따라오실 거 아닙니까?"

"그건 그렇지."

"제가 당신에게 배울 게 없다는 걸 증명하기 위해서 이것 말고 다른 방법이 있습니까?"

더 이상 말은 필요없었다.

레이지의 입술이 빠르게 움직이며 끊김없이 룬 문자를 읊기 시작했다. 땅바닥에서 솟아오른 빛이 그를 중심으로 거대한 원을 형성하며 마법진을 형성했다. 서클 5 이상의 마법을 시전하고 있음을 알리는 표식이었다.

"이, 이보게! 진짜 서클 5의 마법을?"

고작해야 서클 3의 마법까지 구사할 거라 생각했던 펠튼의 예상은 완전히 어긋났다.

레이지는 당황한 얼굴의 펠튼을 바라보며 입술 왼쪽 끝을 치켜올리며 미소를 지었다. 그는 양손을 앞으로 내밀더니 손가락을 휘저으며 룬 문자를 그렸다.

그러자 이미 형성된 마법진 위로 또 하나의 마법진이 나타나더니 그의 무릎 높이에 형성되었다. 숙련된 매직 유저만이 가능하다는, 두 개의 마법을 동시에 시전하는 더블 캐스팅(Double Casting)이었다.

레이지는 오른팔을 옆으로 뻗은 채 손바닥을 위로 향했다. 그러자 손바닥에서 뿜어져 나온 거대한 불길이 하늘로 치솟았다. 이번에는 왼손을 옆으로 뻗었다. 레이지의 키만 한, 길쭉한 얼음이 왼손바닥 위에 떠올랐다.

레이지가 오른손을 휘두르자 불길이 뻗어나가더니 시계 방향으로 크게 돌면서 펠튼을 가두었다.

"라 바스(불타올라라)!"

고리 모양으로 펠튼 주변을 휘감던 불길이 위로 솟구치더니 그의 머리를 향해 강렬하게 뿜어졌다. 펠튼은 양손에 각각 하나씩 마나의 장벽을 형성한 뒤, 오른손을 머리 위로, 왼손을 정면으로 내밀었다. 자신을 향해 날아오는 불길과 얼음 기둥이 마나의 장벽에 막혀 더 이상 접근하지 못했다.

"호오, 제법 하시는군요?"

오래간만에 높은 서클의 마법을 구사해서일까.

레이지는 그 어느 때보다 흥분에 휩싸였다. 예전 제이워드 때의 동작이 하나씩 되살아나기 시작했다.

"날 얕보지 마라!"

펠튼은 레이지의 여유만만한 태도에 성을 내며 몸 안의 마나를 주변으로 방출했다. 그러자 펠튼을 중심으로 마법진이 형성되었고, 불길이 바람에 날리듯 공중에서 흩어지더니 사라졌다. 얼음 기둥은 펠튼의 왼손에 붙잡히더니 산산조각 나 땅바닥에 후두둑 떨어졌다.

"길레터 왕국의 대마법사, 펠튼의 무서움을 보여주도록 하지!"

펠튼은 오른손을 크게 휘저으며 자신의 정면에 마나의 벽을 형성했다. 그리고 아까 레이지가 했던 것처럼 두 개의 마법을 동시에 시전하기 시작했다.

하지만 보고만 있을 레이지가 아니었다. 그는 펠튼이 형성한 마나의 장벽에 정면으로 뛰어들었다. 두 손을 뻗어 마나의 벽에 가져가더니 마치 커튼을 양옆으로 펼치듯 마나의 벽을 자신의 마나로 밀쳐내며 찢어갈겼다.

"너무 약합니다!"

"입조심해라!"

펠튼은 직접 입으로 읊은 룬 문자로 주문 하나를 완성했다. 하지만 손가락으로 룬 문자를 그리며 시전하던 또 하나의 마법은 레이지가 손을 내밀며 시전한 마나 변형 주문 때문에 도중에 취소되었다.

"각오해라, 애송이!"

상대가 서클 5의 마법을 자유자재로 구사하는 걸 안 이상 봐줄 이유는 조금도 없었다. 거친 고함 소리와 함께 거센 바람이 휘몰아쳤다.

"우웃!"

풍압에 밀려나간 레이지는 간신히 균형을 잡으며 착지에 성공했다. 그리고 펠튼의 입이 읊었던 룬 문자의 배열을 떠올리며 하늘을 바라보았다.

'역시 그랬군!'

회색빛의 구름이 잔뜩 몰려 있었다. 레이지는 그 다음 어떤 상황이 진행될지 예측하고선 허리에 차고 있던 호신용 나이프를 검집에서 꺼냈다.

콰르릉!

고막을 찢을 듯한 굉음과 동시에 빛이 작렬했다.

서클 6의 마법사만이 사용할 수 있는 마법, 뇌격(雷擊)이 레이지가 있던 자리에 떨어졌다.

하지만 레이지는 두 손으로 양쪽 귀를 틀어막고선 멀쩡히 서 있었다. 그가 재빠르게 마나를 불어넣고서 땅에 박은 나이프에 뇌격이 작렬하면서 땅 속 깊이 사라져 버렸다.

"이, 이럴 수가……."

원래대로라면 일격에 죽이는 것까지 가능한 마법.

물론 레이지를 진짜 죽일 수는 없었던 터라 펠튼은 뇌격의 위력을 격감시켰고 그 덕분에 **빠르게** 주문을 완성시킬 수 있었다.

"절 봐주셨다는 건 잘 알겠습니다만……."

진정한 뇌격이라면 번개가 수십여 번 내리쳐야 한다.

하지만 위력을 일부러 감소시키고 횟수마저 한 번으로 줄인 변형식이라 레이지 입장에선 쉽게 대처할 수 있었다.

"뇌격을 그렇게 간단히 처리하다니……. 믿을 수 없어."

그렇다 해도 이런 식으로 어이없게 파훼될 지 펠튼은 전혀 예상하지 못했다.

"이건 반칙입니다."

레이지는 서클 5를 넘어선 마법을 시전해 버린 펠튼을 보고 두 눈을 가늘게 뜨며 인상을 썼다. 어차피 어떤 마법이 시전될 줄 파악했던 터라 별 문제는 없었지만.

'뭐, 진짜 뇌격 마법이었다면 피하기 훨씬 더 까다로웠겠지. 이 영감탱이, 지금의 날 보고도 봐줄 생각이었나? 그건 오산이야.'

급하게 고위 서클의 주문을 완성시킨 후유증 때문에 펠튼은 식은땀을 비오듯 흘리며 제자리에서 비틀거렸다. 그런 그를 상대로 불기둥이나 한 번 시원하게 선사해 주려던 레이지는, 입으로 읊던 룬 문자를 도중에 중지하고 생각을 바꾸었다.

'호되게 혼을 내줘야 다신 미련을 가지지 않을 거야.'

그는 두 손을 앞으로 내밀며 수인을 형성했다. 그와 동시에 입으로 룬 문자를 읊으며 마법을 시전했다.

두 개의 거대한 마법진이 그를 중심으로 지면에 차례대로 자리 잡았다. 하지만 이것으로 끝이 아니었다.

'라 바스 데르 벤(불타오르는 우대한 존재여)……'

그의 머리 속에서 룬 문자가 한 단어씩 나열되며 마법의 시작을 알렸다. 이제까지 나타나고 사라졌던 무수한 마법사 중에서 유일하게 '그'만이 성공했다는 궁극의 영역을 지금 선보이려는 중이었다.

마나 소모로 인해 흐려진 시야 속에서 펠튼은 레이지의 주변에 형성된 마법진을 보고 돌연 정신을 번쩍 차렸다.

"자, 자네… 설마?"

두 번에서 그쳤어야 할 마법진 위에 또 하나의 마법진이 천천히 내려오고 있었다.

"트, 트리플 캐스팅(Triple Casting)?"

5

트리플 캐스팅.

머리, 입, 손을 각각 따로 사용해 서로 다른 마법 세 개를 시전하는, 매직 유저로서 극에 달하지 않으면 시도조차 불가능한 영역.

"내가 설마 노망이 든 건 아니겠지?"

그는 넋을 잃고 멍하니 레이지가 세 개의 마법을 동시에 완성시키는 걸 쳐다보고만 있었다.

지면으로 내려와 하나로 겹쳐졌던 세 개의 마법진이 공중에 떠오르며 각각 분리되었다. 레이지는 수인을 형성하던 왼손을 거두고 오른손을 어깨 위로 높이 들어올리더니 손가락으로 '딱' 하는 소리를 냈다.

"으, 으아아?"

그러자 펠튼이 서 있던 땅이 마구 뒤흔들리며 금이 쩍쩍 생기기 시작했다. 멍하니 레이지만 쳐다보던 펠튼은 그제야 정신을 차리고선 급하게 주문을 읊었다.

펠튼의 몸이 떠오르며 5미터 가량 솟아올랐다. 그가 서 있던 자리엔 갈라진 지면 사이에서 튀어나온 굵고 거대한 나무뿌리가 그를 향해 뻗어올랐다.

"하아앗!"

펠튼은 공중에 뜬 채로 두 손을 아래로 향했다. 손에서 뿜어져 나온 불길이 뿌리를 휘감아 불태웠지만, 레이지의 마법은 그것이 끝이 아니었다.

"우웃!"

펠튼은 도로 손을 거두어들이고 정면을 향해 내밀었다. 방

패 모양으로 형성된 마나의 장벽이 그의 앞에 자리 잡았고, 레이지 주변에서 뻗어져 나온 강렬한 바람이 거세게 충돌했다.

마치 칼날처럼 날카롭고 빠르게 다가온 바람은 마나의 장벽에 부딪쳐 주변으로 흩어졌다. 수십 여 그루의 나무가 바람의 칼날에 잘려 우수수 아래로 쓰러졌다.

바람이 멈추자 이번에는 펠튼의 머리 위에 거대한 화염구가 어느새 자리 잡고 있었다. 그리고 화염구가 천천히 변하면서 만들어내는 형상에 펠튼의 두 눈은 경악으로 가득 찼다.

"프, 플레임 드래곤(Flame Dragon)?"

지난번 손녀의 생일 때 하객들에게 볼거리를 제공하기 위해 펠튼 본인이 시연했던 서클 5의 마법.

하지만 자신의 것과 수준 자체가 달랐다. 진짜 드래곤이 나타난 것처럼 수염 하나, 이빨 하나까지 섬세하게 구현되어 있었다.

화염으로 만들어진 드래곤의 거대한 입이 벌어지자 강렬한 불길이 펠튼을 향해 마구 퍼부어졌다. 펠튼은 남은 마나를 모두 동원해 마법의 장벽을 형성했지만 결국 브레스에 밀려 땅바닥에 떨어져 나뒹굴어야 했다.

펠튼의 로브 위로 뜨거운 김이 마구 피어올랐다. 마법에 대해 강한 내성을 지닌 재료로 만들어진 덕분에 구이가 되는 것만은 피했다.

"쳇……."

레이지는 강력한 마나를 이기지 못하고 가루가 되어버린 장갑을 바라보며 아쉬움을 애써 감추었다.

'역시 10분 이상을 못 버티는군. 마리에타에게 흡수한 마나도 모두 고갈되어 버렸어. 하지만 승부는 결정난 거나 다름없어.'

레이지 역시 펠튼을 죽일 마음은 없었다. 하지만 더 혼쭐을 내고 싶었던 차에 마법이 도중에 중단되어 버린 것만큼은 아쉬웠다.

"레, 레이지. 이보게나……."

"네."

"자네, 진짜로 스승이 없나?"

"몇 번이나 같은 말을 해야 받아들이실 겁니까?"

다소 짜증이 섞인 레이지의 대답에 펠튼은 두 눈을 지그시 감았다.

"그랬나, 그랬던 것인가……."

연달아 강렬한 마법을 세 번이나 버텨내야 했던 펠튼의 입에서 기운이 빠진 음성이 흘러나왔다.

"자네가 스승을 밝히지 못한 이유를 알겠군. 알릴 수가 없었던 거야."

"?"

순간 레이지의 눈매가 날카롭게 변했다.

'젠장, 너무 내가 설쳤나? 혹시 저 영감탱이가?'

오래간만에 마법을 실컷 쓸 수 있다는 기쁨 때문이었을까. 레이지는 자신이 너무 많은 것을 보여주었다는 후회를 뒤늦게 했다.

"고(故) 제이워드 M. 만델에게 또 한 명의 제자가 있었을 줄이야! 전혀 예상 못했어……."

"……."

"자넨 그의 제자였군! 그가 유일하게 구사했던 트리플 캐스팅하며, 높은 서클의 마법을 쓸 때마다 그가 보여주었던 핑거 스냅까지 똑같아! 자네가 진정한 그의 후계자였군!"

애송이로 여겼던 소년에게 마법으로 완패했다는 부끄러움은 사라진 지 오래였다.

펠튼이 한때 목표로 삼았던 대마법사, 제이워드의 후계자가 눈앞에 나타났다는 사실만으로도 두 눈에 희열이 가득했다.

'다행이야. 내가 그 제이워드 본인일 거라는 생각은 전혀 못하고 있어.'

반면 레이지는 펠튼이 알아채지 못하게 안도의 한숨을 내쉬었다.

그가 제이워드에서 레이지로 다시 태어날 수 있었던 서클 0의 마법은 극히 일부의 마법사만이 알고 있는 비밀 중 하나. 서클 6의 위저드 펠튼이라 하여도 알 도리가 없었다.

펠튼은 간신히 몸을 일으킨 뒤에 레이지를 향해 천천히 걸어왔다. 그리고 두 손을 레이지의 어깨에 얹었다.

"레이지, 자네 기억을 잃었다고 했지? 아마 자네는 그전에 위대한 대마법사 제이워드에게 가르침을 사사했음이 틀림없어!"

"그렇습니까? 전 여전히 잘 모르겠습니다."

"내 예상이지만 아마 제이워드는 자네의 스승이라는 걸 감추고 몰래 가르쳐 왔던 게 틀림없어. 그의 제자라는 이유만으로도 많은 이들이 접근해 왔을 테니. 그리고 뭔가 마법적 제약을 걸지 않았을까?"

"그렇게 확신하시는 이유가 도대체 무엇입니까?"

"레이지 자네가 쓰러진 날과 제이워드가 불의의 객이 되었던 때가 고작 며칠 사이라네. 이것만으로도 충분하지 않은가? 아아! 난 그걸 왜 미처 몰랐지?"

제멋대로 원인과 결과를 짜맞추는 펠튼을 레이지는 굳이 막지 않았다. 차라리 제이워드의 제자라 착각하는 편이 제이워드 본인이라고 생각하는 것보다 훨씬 나으니까.

"난 그의 마법을 가까이에서 봤기에 장담할 수 있다네. 어떻게 그를 만나서 제자가 되었는지 물어보고 싶지만… 그 기억은 아직도 안 돌아온 거겠지?"

레이지는 입을 다물고 고개만을 끄덕거렸다.

"내 추측이긴 하지만 자네는 제이워드에게 많은 걸 물려받았을 거야. 단, 마나 서클만큼은 키울 시간이 부족했던 거겠지. 그가 일찍 죽지 않았다면 지금 자네의 마나가 고작 서클 2 수준에 멈추지 않았을 텐데……. 안타까워."

완벽하게 레이지를 제이워드의 제자라고 확신한 펠튼은 아쉬움에 한숨을 길게 내쉬었다. 레이지는 그저 자신의 정체가 드러내지 않았다는 사실에 마음속으로 안도했다.

"저는 잘 모르겠습니다만, 이걸로 제가 펠튼님의 제자가 되지 않아도 된다는 것만은 확실합니까?"

"물론이지. 그의 제자였다면 난 자넬 가르칠 엄두조차 안 나. 오히려 내가 배워야 할지도 모르지. 자네가 쓴 그 트리플 캐스팅은 마치 제이워드가 환생한 것 같은 착각마저 불러일으켰거든."

'이젠 스승이 아닌 제자가 될 작정인가? 변덕 한 번 심한 노인네로군.'

어찌 되었든 간에 레이지는 이제 펠튼의 집착에서 벗어날 수 있게 되었다.

"저는 먼저 가보겠습니다. 마리에타님은 대신 부탁드립니다."

뭔가 뒤끝이 남긴 했지만, 그가 떠나는 걸 펠튼이 막을 수 없다는 사실에 만족하고 그는 뒤돌아 섰다.

그리고 걸음을 옮기기 전, 멈춰 섰다.

"아, 그리고 부탁드리고 싶은 게 하나 있습니다."

"무언가? 말해보게나!"

"제가 기억을 잃기 전에 누구를 스승으로 삼았는지 저는 모릅니다. 펠튼님이 말한대로 '그'가 진짜 스승이었을지 모르지만, 확신이 없는 이상 발설하지 않으시길 바랍니다."

펠튼의 반응을 보아하니, 다른 이들이 레이지의 마법을 보더라도 레이지가 제이워드 본인이라고 착각하진 않을 것이다.

하지만 제자라는 오해를 받더라도, 더 이상 제이워드와 연관되었다는 사실이 알려지는 건 싫었다. 레이지는 절대로 제이워드와 조금의 인연도 안 닿은 남이 되어야 했기에.

"흐음, 나도 남에겐 말하지 않을 생각이네. 공식적으로 그의 제자는 칸나라는 계집이라고 알려져 있거든. 괜히 내가 나서서 알린다면 그의 직속제자 자리를 놓고 분쟁이 생길지도 몰라. 요컨대 귀찮아질 일은 싫다, 이거지?"

"네. 제 진짜 스승이 있었는지 아닌지도 확실하지 않고, 설사 있다 해도 누군지도 알지 못하는 상황에서 휘말리고 싶지 않습니다."

레이지의 의도를 제멋대로 해석한 펠튼은 고개를 끄덕이며 수염을 매만졌다.

"그러면 전 이만."

레이지는 다소 짜증이 섞인 표정으로 걸음을 옮겼다.

목적을 이루긴 했어도 다른 문제가 튀어나와 버렸다.

'펠튼의 입을 어디까지 믿어야 할까?'

레이지는 펠튼을 향해 뒤돌아보았다.

'저 영감탱이가 실수로 발설하기라도 한다면, 이제까지의 내 노력은 수포로 돌아갈 수 있어.'

레이지는 타인의 입을 막는 가장 쉬운 방법을 떠올렸다.

하지만 고개를 저으며 실행하지 않았다.

'난 더 이상 필요없는 원한 관계를 만들면 안 돼. 귀찮은 짐 하나 덜었다는 거에 만족하자.'

레이지는 입술을 다물고선 가던 길을 계속 걸어갔다.

그가 시야에서 사라지자 펠튼은 하늘을 향해 고개를 들었다.

"하필이면 그의 제자였다니. 허어……."

여전히 미련이 남아 사라지지 않았다.

그의 나이도 어느덧 일흔.

자기 자신이 이루지 못한 꿈을 대신 이어줄 직속제자가 절실한 터였다.

그런 그에게 레이지의 등장은 오랜 가뭄 끝에 내린 단비나 마찬가지였다. 어떻게 해서든 제자로 만들고 싶었지만, '제이워드'가 관련되어 있다면 더 이상 손쓰는 것이 불가능하다.

"아쉬워. 그의 제자라면… 진짜로 난 가르칠 게 없으니."

다음날 아침.

레이지는 떠날 준비를 마치고 저택 정문 앞에 섰다.

저택 안의 모든 고용인들이 그를 배웅하기 위해 줄지어 섰다.

"도련님, 진짜 가시는 거예요?"

"그래. 그동안 내 방 청소하느라 고생 많았어, 크레아."

"언제 돌아오세요? 그리 오래 걸리진 않겠죠?"

"나도 잘 몰라. 최소 1년은 걸리지 않을까?"

기억을 잃기 전에는 그저 포악한 귀족 소년에 불과했지만, 그후 귀족 자제답지 않게 자신들을 살갑게 대해준 레이지에게 나름대로 정이 든 터였다. 그런데 갑작스레 먼 길을 떠난다는 게 슬프기만 했다.

"왜 다들 그래? 내가 죽으러 가는 것도 아니잖아? 금의환향할 테니 기다리고 있으라고."

"그, 그래도…… 흐흑."

하녀들 중 몇몇은 터진 울음을 참지 못해 저택 안으로 들어갔다.

"다들 도련님을 걱정해서 저러는 거니 이해해 주시길 바랍니다."

"배웅해 주는 사람이 있다는 게 그리 나쁘진 않네. 다 이해하니 걱정 말라고."

집사 페리슨은 어른스럽게 행동해도 아직 어리게 보이는 레이지가 가문을 떠난다는 사실이 걱정만이 가득했다.

"할아범, 그동안 내 뒤치다꺼리 하느라 고생이 많았어."

"당연히 해야 할 일을 한 것뿐이죠."

"적당히 방황 좀 하면서 수련도 받고 돌아올 테니까 내 방 청소나 잘 해둬. 부탁이야."

태연하게 말을 건네는 레이지 앞에 페리슨은 애써 미소를 지었다.

"쓸쓸하지 않으십니까?"

"뭐가?"

"이런 중요한 일에 케인즈님과 케이지님 두 분 다 나오시 질 못했으니……."

케인즈는 전날 혼자 퍼마신 술 때문에 지금까지도 곯아떨어져 있었고, 케이지는 왕궁에서의 일 때문에 나올 수 없는 처지였다.

"뭐, 형님이야 어쩔 수 없고, 별로 대수롭지 않은 일로 부모님 배웅 받는다는 게 우습지 않아? 괜찮아."

혈육의 정은 그에게 처음부터 필요하지 않았다.

시간이 지나면서 어쩔 수 없이 드러나게 될, 죽은 걸로 알려진 제이워드의 흔적을 그들이 알아채기 전에 떠나야 할 운명이었다. 그저 그들에게 '이상했던 아들'로 남으면 충분했다.

"그러고 보니 케인즈님께서 첫 전쟁에 참여하실 때 지금 레이지님의 나이이셨죠."

"그래?"

"이렇게 2대에 걸쳐서 어린 나이에 가문을 떠나시다니, 뭔가 감회가 새롭군요."

젊은 시절부터 집사로 크로이덴 가문을 운영해 온 페리슨은 30여 년 전 기세를 떨치며 저택을 떠난 어린 소년을 기억하고 있었다.

그때와 다른 점은, 지금의 레이지는 자신감이라기보단 당연한 일을 하러 간다는 듯한 뉘앙스를 강하게 풍긴다는 사실이었다.

"뭐, 아버지처럼 전쟁터로 가는 것도 아니니까 그만 슬퍼하라고."

"건강하셔야 합니다."

"그러면 모두 아버지와 형님을 잘 부탁해."

그는 손을 들어 마중 나온 이들에게 작별인사를 하고 뒤를 돌아섰다.

"아! 그리고… 마님께 안부라도 전해 드려. 건강하시라는 말과 함께."

"마님이라 하시면?"

"아, 마님이 아니라 어머님께."

"도련님……."

그 말을 끝으로 레이지는 뒤돌아 서서 걸음을 옮겼다.

7

"햇살이 참으로 따스하구나, 제나야."

침대에 누워 있는 여성의 표정은 평화 그 자체였다.

"괜찮으십니까?"

"얼마 전까지만 하더라도 죽는 날만 손꼽아 기다렸지. 하지만 고통이 완전히 사라진 지금은 한시라도 빨리 일어서고 싶구나."

제나의 어머니 제클린은 인자한 미소를 지으며 딸을 바라보았다.

병상에 드러누운 지도 어느덧 15년.

원래 허약한 체질이었던 그녀는 하루하루 살아가는 것 자체가 고통이었다. 약값을 대기 위해 열심히 일하던 남편은 어느새 술에 빠져 제클린 따위 거들떠보지 않았고, 집안은 서서히 몰락해 갔다.

자신 때문에 주변이 망가져 가는 모습을 보며 몇 번이나 자살할 생각을 하기도 했다. 하지만 끝까지 버틴 이유는 지금 의자에 앉아 자신을 걱정스러운 눈빛으로 바라보고 있는 딸 제나를 위해서였다.

"얼굴이 많이 상했지?"

제클린은 얼굴에 자리 잡은 주름을 손으로 매만지며 씁쓸하게 웃었다.

"아닙니다, 여전히 아름다우십니다."

"빈말은……. 하지만 참으로 기분이 좋구나."

그토록 보고 싶었던 어머니의 미소.

하지만 제나의 표정은 굳어 있었다. 그녀는 손에 든 편지를 다시 읽기 시작했다.

…굳이 제나 경에게만 이렇게 편지를 남기는 이유는 별거 없습니다. 형님의 부하들 중에 그나마 가장 이야기가 잘 통할 거라 생각된 분이기 때문입니다……

오늘 아침, 비번인 제나는 오래간만에 어머니를 찾아뵙기 위해 본가에 갈 준비를 서둘렀다. 레이지에게 받은 돈으로 구입한 약 덕분에 어머니의 상태가 크게 호전되었다는 소식을 듣고 직접 확인해 보기 위해서였다.

숙소를 떠나려던 그녀의 앞에 메이드 복장의 여성이 허리를 숙여 인사를 했다. 건네 받은 편지 봉투 겉면에는 크로이덴 가문의 문장이 찍혀 있었다.

…저를 믿어달라는 이야기는 아닙니다. 단지 제가 더 이상 형 케이

지에 대해 허튼짓을 할 이유가 없다는 걸 간접적으로 증명했다고 보시면 됩니다. 앞으로 다시 가문으로 돌아올 일은 없을 겁니다. 물론 제나경을 다시 볼 이유 역시 말입니다. 크로이덴 가문의 후계자 자리 따위, 전 관심없습니다. 그러니……

제나는 두 눈을 비빈 뒤 편지를 처음부터 다시 읽어 내려갔다. 벌써 네 번째였다. 하지만 내용은 처음 읽었을 때와 변함없었다.

'다시 가문으로 돌아올 일은 없을 거라고?'

케이지로부터 레이지가 가문을 떠났다는 소식을 들었을 땐 그냥 그러려니 했다. 더 넓은 세상을 알기 위해 홀로 여행을 떠나는 귀족 자식들이야 생각 외로 적진 않기에.

하지만 케이지에게 들은 이야기와 편지에 적힌 이야기는 조금 달랐다. 다시 가문으로 돌아올 생각 따위 없다는 말은 케이지에게 듣지 못했다.

'곰곰이 생각해 보니 지금 떠난다는 것도 뭔가 이상해.'

단지 몇 개월이 지났을 뿐인데 레이지의 평판은 전과 비교할 수 없을 정도로 상승했다.

오러를 깨닫고 수련에 정진한다는 점만 해도 확연히 달라졌는데, 마법까지 흥미를 지니고 익혔다는 이야기를 들었다. 특히 왕국 내 대마법사 펠튼의 눈에 들었다는 소문에는 제나자신도 모르게 긴장했다.

전에 따로 이야기할 때, 레이지는 그동안의 원한은 잊어달라고 말했다. 하지만 그를 완전히 믿을 수 없었던 터라 올라가는 레이지의 입지를 불안한 눈초리로 살피곤 했다. 사람이란 전에 없던 힘이나 인맥을 얻으면 언제 돌변할지 모르기에.

그런 그가 이 시점에서 떠난다니.

사람들의 이목을 끈 이상 자리를 비우지 않고 더욱 그들에게 어필해야 했다. 그것이 위를 노리고 살아가는 귀족의 일반적 사고방식이다.

…아! 이 말을 안 했군요. 형님을 잘 부탁드립니다. 워낙 선한 사람이라 옆에서 누가 받쳐주지 않으면 꽤나 고생할 게 눈에 보여서 말이죠.

한때 형을 죽이려 했던 레이지.

그리고 그런 레이지를 두 번이나 죽이려고 했던 제나.

그런 사이에서 주고받을 이야기가 결코 아니었다.

"나의 약값을 대주신 분이 크로이덴가의 둘째 도련님이라고 하셨지?"

"네, 어머님."

편지에 몰두하던 제나는 어머니의 말에 깜짝 놀라며 자리에서 일어섰다.

"그렇게 착하신 분에게 왜 그렇게 흉흉한 소문이 돌았는지 이해할 수 없구나."

"……."

"역시 세상일은 남의 이야기만 들어서는 안 되는 거 같아. 그렇지 않니?'

'저도 이해할 수 없어요.'

물론 레이지가 제나에게 준 돈은 이제까지의 원한을 없었던 걸로 하기 위한 입막음용이다.

하지만 결과적으로 어머니는 지긋지긋한 병마에서 해방되었다. 게다가 레이지 스스로 집안을 떠났다. 언제 돌아올지 모르지만 제나를 괴롭히던 두 개의 걱정거리가 일순간에 사라진 셈이다.

그럼에도 제나의 마음은 그리 편치 못했다.

'그는 악인일까, 아니면 선인일까. 도저히 감을 잡을 수가 없어.'

단순히 기억을 잃었다는 이유 하나만으로 그녀가 품은 의문이 모두 해결될 수 없었다.

한 가지 확실한 것은, 표면적이긴 해도 그동안 얽히고설켰던 복잡한 원한 관계가 일시에 해소되었다는 사실이다.

그녀는 결코 이룰 수 없었던 일을 말이다.

"나중에 몸이 완전히 나으면 직접 인사를 드리고 싶구나. 그게 도움받은 자의 도리 아니겠니?"

"우선 완전히 나으셔야 합니다."

"그럼, 그래야지. 그래야 선뜻 약값을 대주신 도련님께 대한 도리가 아니겠냐."

어머니의 화사한 미소에 제나는 고개를 푹 숙이고 입을 다물 뿐이었다.

8

얼마나 걸어갔을까.

"흐음……."

레이지는 몇 달 동안 머문 저택을 향해 고개를 돌렸다.

이제 다시는 돌아오지 않을 곳에 대해 약간의 연민이 느껴졌지만, 이내 마음속에서 지웠다.

그는 다시 걸음을 옮기려던 중 머리카락을 매만지며 멈춰섰다.

"역시 나에겐 금발은 어울리지 않아."

남의 육체를 받은 이상, 마나가 부족하다든지 소년이라든지 하는 점에 불만을 가지더라도 어찌할 수 없었다.

하지만 예전의 검은색과 판이하게 다른 금발만큼은 집을 떠난 이상 굳이 유지할 필요성을 못 느꼈다.

그는 오른손에 마나를 집중시키고서 왼쪽 구레나룻에 가져갔다. 그리고 머리 위를 거쳐가면서 쑥 훑었다.

"멜 후스(머리카락이여, 검게 물들지어다)……."

옛 스승이 아주 가끔 쓰다듬어 주었던 어린 소년의 머리카락 색깔. 그것을 다시 돌려 받은 레이지의 입가에 미소가 자리 잡았다.

Chapter 13
제이워드의 유산

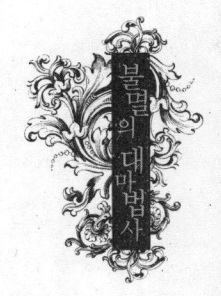

1

제이워드 M. 만델.

매직 유저 최고의 경지인 서클 7의 아크메이지이자 제국과의 전쟁에서 맹활약했던 다섯 명의 영웅 중 하나.

그는 제국과의 기나긴 전쟁이 기완의 승리로 끝났음에 경계심을 늦추지 않았다. 다른 네 명의 영웅들이 전쟁으로 황폐해진 대륙을 재건하는 데 힘쓴 반면, 그는 앞으로 닥칠지 모르는 또 다른 고난에 대비하기 위해 만반의 준비를 갖추었다.

혹시라도 마나가 고갈되거나 사라질 가능성을 대비해 별도의 비밀 연구소를 대륙 곳곳에 설치한 후, 마법 장비나 자신의 마나를 보관해 놓은 마나 저장고를 세워두었다.

매직 유저의 경우 서클 7의 경지에 다다르면 더 이상 마나량이 늘어나지 않는다. 하지만 마나가 소모될 경우 자동적으로 차오르는 점에 감안해, 그는 서클이 낮은 마법사들이 흡수될 경우 단번에 1서클 정도는 올릴 만한 마나를 여러 개의 마나 저장고에 담아 곳곳에 배치했다.

물론 다른 이들에게 발각되지 않기 위해 잘 알려지지 않은 유적이나 동굴, 지하 수로 등에 마련했으며 몬스터들을 몰아넣어 거주하게 했고 함정까지 치밀하게 설치했다.

2

베르시아 신성력 1392년 2월 8일.

강렬한 불꽃이 어둠 속에서 빛을 발했다.

제이워드의 손에서 뻗어나간 화염구는 거대한 덩치의 몬스터, 오우거를 뒤덮었다. 고막을 찢을 듯한 괴음이 오거의 입에서 터져 나왔고 살점이 타들어 가는 고약한 냄새가 주변으로 퍼져 나갔다.

보통 인간이라면 보는 것만으로도 허리를 숙이고 구역질을 할 광경임에도 그는 아무렇지 않다는 듯 유유히 오우거의 시체 옆을 지나갔다. 살이 타들어 가는 냄새 정도야 전쟁터에서 숱하게 맡았기에.

「지겹기만 하군.」

하품을 하면서 성큼성큼 걸어가는 그에게선 여유가 흘러 넘치고 있었다.

그는 연달아 습격해 오는 몬스터와 전혀 예상하지 못한 곳에서 작동하는 함정들을 해치우고 피하면서 결국 유적의 최하층까지 홀로 도달했다. 유적이 생긴 이래 많은 트레저 헌터들이 유물을 노리고 도전했지만 지하 3층도 넘지 못하고 해골이 되어버렸다.

그가 찾던 곳은 바로 이런 곳이었고, 그런 곳을 홀로 돌파함으로써 서클 7의 아크메이지라는 칭호를 괜히 얻은 게 아니라는 걸 몸소 증명했다. 몬스터들은 지나온 경로에 마주친 놈들만 해치웠고 함정의 경우 일부러 해체하거나 파괴하지 않고 비켜 지나갔다.

100년 전 멸망한 왕국 드루기아의 유물이 자리 잡고 있는 방 앞에 강력한 몬스터가 모습을 드러냈다. 이미 사라졌다고 알려져 있는 '헬하운드'였다.

세 개의 머리가 달린 붉은색의 늑대가 그를 알아보고 으르렁거렸다. 하지만 제이워드에게 있어서 보통의 애완견 정도에 불과했다.

헬하운드의 가운데 머리에 마나가 모이더니 입을 크게 벌리면서 불길을 세차게 뿜어냈다. 하지만 보이지 않는 벽에 막혀 그의 로브 끝자락조차 불태우지 못했다.

「귀찮아.」

제이워드는 오른손을 들고 손가락을 튕겨 소리를 냈다. 그러자 그를 중심으로 자리 잡고 있던 마법진이 사라지면서 동시에 헬하운드가 투명한 구 안에 사로잡혀 공중에 떠올랐다.

「내 마나 장벽에 흠집을 낼 정도라면 파수꾼으로 제법 쓸만하겠어. 이대로 죽이기엔 좀 아깝군.」

헬하운드는 마법으로 형성된 구 밖으로 나가기 위해 발버둥쳤지만 소용없었다. 불길을 뿜어냈지만 반사되어 되려 자기가 뒤집어쓸 정도였다. 시간이 흐르자 헬하운드의 세 머리가 아래로 수그러지며 움직임을 멈추었다.

제이워드는 거대한 석문에 손을 가져갔다. 100여년 전의 마법으로 구현된 방어막은 제이워드의 마나에 밀려 허무하게 사라졌고, 석문이 마찰음을 내며 천천히 열리기 시작했다.

「이곳이라면 적당하겠어.」

그는 일곱 번째이자 마지막으로 선택된 비밀 연구소를 설치할 장소에 들어섰다. 안에 자리 잡고 있는 온갖 보석과 금화들은 사실 별 흥미를 못 끌었다. 그가 이제까지 얻은 것들은 스스로의 끈질긴 노력으로 얻은, 재력으로 얻을 수 없었던 것들이기에 있어도 그만 없어도 그만이었다.

「만약의 경우를 대비해야 해. 하지만 이곳을 찾을 경우가 안 생기는 게 최적의 경우지.」

그는 씁쓸한 미소를 지으며 주변을 둘러보았다.

하지만 불확실한 미래는 그의 운명을 타꾸어놓았다.

고작 1년 만에 다시 이곳에 오게 될 줄은 몰랐다. 그것도 제이워드가 아닌 다른 이의 육체를 빌어서 말이다.

*   *   *

흔들림에 눈을 뜬 레이지는 마차 밖을 응시했다.

"……."

제이워드였을 때의 기억에 남아 있던 풍경이 빠르게 스쳐 지나갔다. 1년 전만 하더라도 자신이 이런 입장이 될 거라곤 꿈에도 생각 못했지만, 그렇게 자신만만하던 자신을 꿈에서 회상해야 하는 현실에 씁쓸한 미소가 자리 잡았다.

서클 7의 아크메이지였을 때엔 혼자서 여유롭게 돌파가 가능했던 곳을, 지금은 만반의 준비를 갖추어야 했다.

사실 냉정히 따지면 죽지 않고 비밀 연구소에 도착만 해도 엄청난 성과다. 오러 랭크 2, 마나 서클 2의 레이지는 서클 7의 제이워드와 비교 대상 자체가 될 수 없다.

'결국 여기까지 오고 말았어. 운에 맡기는 기분만 들지만, 다른 놈들이 손대기 전에 내가 되찾아야 해.'

이제까지 그는 나름대로의 계산에 따라 행동했다.

제이워드였을 때의 그였다면 이런 무모한 시도는 관두었을 것이다. 하지만 제이워드가 아닌 레이지인 이상 다소 무리가 가더라도 모험을 걸어야 한다. 그나마 일곱 개의 비밀 연구소 중 가장 무난하다고 판단된 곳으로 가는 중이었다.

'그렇다고 해서 무모하게 덤비면 안 돼. 도전해 보고 절대 무리라고 생각하면 과감하게 포기하자. 살아만 있다면 돌아가더라도 강해지는 방법은 분명히 존재할 거야.'

그가 상념에 잠겨 있는 사이 마차는 국경선 부근에 설치된 검문소에 멈춰 섰다. 경비병이 마차의 객실 문을 두들기자, 레이지는 말없이 가문의 문양이 들어간 단검을 검집째 건넸다.

경비병들이 레이지의 가문이 보통 귀족 집안이 아님을 알아채고 허둥지둥대는 사이 레이지는 옛 기억을 떠올렸다.

"1년 만인가."

3

베르시아 신성력 1393년 3월 10일.

레이지가 크로이텐 가문을 떠난 지도 어느덧 일주일이 지났다.

그는 아버지가 알려준 스승이 있는 엘번 섬과 정반대 방향에 위치한 칼루아 왕국으로 향했다. 자칭 제이워드의 유일한 직속제자 칸나 M. 오르덴이 제이워드의 비밀 연구소를 모두

파해치기 전에 먼저 발굴해야 했기 때문이다.

그가 택한 곳은 가장 가까운 칼루아 왕국에 위치한 비밀 연구소. 지도는 없지만 그의 기억 속에 비밀 연구소의 모든 위치가 저장되어 있다.

마차를 갈아타며 밤낮을 가리지 않고 이동한 탓에 피로해진 레이지는 목적지 '드루기아의 유적' 근처에 자리 잡은 작은 마을을 방문했다.

"역시나 허름하군."

나무로 지어진 20여 채의 집이 자리 잡고 있는, 전형적인 시골 마을이었다. 베르시아 교단의 성당도 없는 진짜 촌구석에 불과하다.

제국과의 전쟁이 끝난 뒤 비밀 연구소를 건설하기 위해 방문한 이후 처음이었다. 가끔 유적을 탐험하려는 모험가들이 보급 장소로 찾는 것 외엔 인구 이동이 거의 없는 한적한 마을이었다.

레이지는 제이워드였을 때의 기억을 더듬어 마을 안에 유일하게 존재하는 여관으로 발길을 향했다.

"흐음?"

여관 입구 바로 옆에 설치된 마구간에 열 마리의 말이 구유의 여물을 먹고 있었다. 게다가 두 대의 마차까지 눈에 띄었다.

'안 좋은 쪽의 예상과 맞아떨어지는데?'

그는 살짝 인상을 쓰며 마구간을 응시했다. 최소한 20명 정도의 인원이 이런 한적한 곳에 올 이유가 무엇이겠는가.

문을 열고 들어가자 카운터에선 중년의 남자가 지루한 듯 손으로 턱을 괴고 하품을 연신 반복하고 있었다.

'역시……'

레이지보다 먼저 세 곳의 테이블에 나누어 자리를 잡고 있는 이들을 본 레이지는 어떤 일이 진행되는지 단번에 알아챘다.

동네 사람으로 전혀 보이지 않는 차림새에 레이지는 눈길을 한 번 주고 그들과 좀 떨어진 자리에 앉아 짐을 내려놓았다. 좀 더 자세히 그들을 관찰하기 위해 의자를 살짝 들어올려 움직였다.

그 사이 카운터에 있던 여관 주인이 하품을 하며 주문을 받기 위해 레이지 쪽으로 천천히 걸어왔다.

"간단한 식사하고, 방 있나? 가능하면 목욕도 할 수 있으면 좋겠어."

"다음날 아침 식사까지 합한다면 은화 다섯 닢이오."

레이지가 돈주머니에서 은화를 꺼내 건네자 여관 주인은 금액을 확인하고선 하품을 하며 카운터로 돌아갔다.

"휴우, 이제 좀 살 것 같아."

레이지는 잔의 물을 들이키면서 왼손을 살짝 테이블 아래로 내렸다. 소리내어 룬 문자를 읊지 않고 손으로 수인을 그려 마법을 천천히 완성시켰다.

테이블 아래에서 왼손이 마나에 휘감기더니 빛을 발했지만 위치상 그 누구도 보지 못했다. 레이지는 일부러 몸을 옆으로 돌려 카운터 쪽을 바라보는 척하면서 가장 가까이 있는 테이블의 대화를 엿듣기 시작했다.

"…고로 이번 임무는 반드시 성공해야 합니다."

"저희들을 못 믿겠다는 뉘앙스 같은데, 무시하는 거 아닙니까?"

"그럴 리가 있겠습니까? 제국과 당당히 맞선 다섯 영웅 중에 한 분, 그랜드 마스터 나르디안 경의 부하이신 여러분들의 실력에 이의를 제기하는 건 아닙니다. 단지 다른 곳의 보고를 들어보니 절대 만만치 않은 일이라 판단되어서 그렇습니다."

"그건 실력이 없는 자들을 고용해서 자초한 일이라 생각하는데……."

특이하게도 한쪽 테이블에는 오러 유저들이, 바로 옆에는 매직 유저들이 따로 앉아 있었다.

매직 유저들 중 리더로 보이는 남자는 뭔가 석연찮은 얼굴로 이야기를 꺼내고 있었고, 반대로 그은 이야기를 하는 오러 유저의 표정에는 자신감이 충만했다.

"저희들은 그저 죠르제 경만 믿겠습니다."

"그렇게 나오셔야죠."

죠르제라는 이름에 레이지의 두 눈이 가늘어졌다.

'그래, 그놈이었어!'

레이지는 탁자 아래로 내린 오른손을 꽉 움켜쥐었다.

약간 마른 얼굴형에, 치켜 올라간 눈꼬리와 간사해 보이는 얼굴. 갈색과 검은색이 뒤섞인 머리카락과 이야기를 하면서 짧게 자라난 턱수염을 오른손으로 매만지는 특유의 습관.

'그때 내 등을 찌른 그놈이야. 얼굴을 보니 분명히 맞아.'

제이워드로서의 마지막 그 날.

자신의 마탑에 들이닥친 암살자들을 죠르제와 함께 여유롭게 상대하고 있었다. 제이워드를 향한 거듭된 암살 시도에 나르디안은 자신의 부하 한 명을 한 달 전에 그의 마탑으로 파견했다.

그가 바로 죠르제 젤린.

당시 제이워드의 눈에 오러 랭크 4의 오러 유저는 그저 걸림돌에 불과했다. 하지만 전우 나르디안이 직접 보낸 남자라 별말 하지 않고 놔두었다.

암살자들을 모두 해치운 뒤 귀찮다는 듯 짜증을 내던 제이워드의 얼굴은 일순간 고통으로 일그러졌다.

원인은 그의 복부를 뚫고 나온 검끝. 뒤를 돌아보니 사악한 미소를 지으며 검자루를 꽉 쥐고 있는 죠르제를 볼 수 있었다. 자신을 찌른 뒤 한 말 역시 선명하게 기억하고 있었다.

'그때 어떻게 해서든 저놈만은 죽였어야 했어. 하지만 곧바로 나르디안이 부하들을 이끌고 오는 바람에 자리를 피해

야 했지.'

지금 당장에라도 검을 뽑아들어 가슴에 찔러 넣고 싶은 충동이 강렬하게 일어났다.

'참자. 지금은 분노를 드러내야 할 때가 아니야. 침착해지자.'

레이지는 길게 숨을 들이마셨다 내쉬기를 반복하면서 호흡을 골랐다. 분노가 이성을 억느르고 드러내는 걸 억지로 참으면서 그들의 대화에 집중했다.

"어차피 유적 안에 있는 몬스터야 장식품 아닙니까? 나르디안님께서 직접 보낸 저희들을 믿으십시오."

죠르제는 오른손으로 가슴을 툭툭 두들기며 자신만만한 표정을 지었다. 하지만 마법사들은 서로 귓속말을 주고받으며 탐탁치 않아 하는 분위기였다.

"그러면 죠르제 경과 일행 분들만 믿겠습니다. 저희들은 피곤해서 일찍 쉬도록 하겠습니다."

"볼케스님, 오늘 하루는 푹 쉬십쇼. 어차피 여러분들이 굳이 나설 경우도 없을 겁니다."

"그러길 바랍니다."

볼케스는 죠르제에게 고개를 끄덕여 인사를 한 뒤 동료들을 데리고 계단을 통해 이층으로 올라갔다. 그들이 방에 들어가자 죠르제의 입꼬리가 살짝 올라가더니 콧방귀를 뀌었다.

"저래서 매직 유저들은 문제야. 겁이 너무 많아. 그깟 몬스터들 좀 해치우고, 함정 몇 군데 피하면 끝나는 일 아니야?"

"그러게 말입니다."

"역시 너희들이 그나마 알아주는 구나."

죠르제는 부하들의 맞장구에 맥주잔을 들고 들이켰다. 하지만 한 모금만 마신 뒤 입안에 든 맥주를 바닥에 뱉었다.

"퉤엣! 맥주맛 한번 고약하군. 이걸 마시라고 내놓은 거야?"

그의 으름장에 묵묵히 접시를 닦고 있던 여관 주인이 움찔거리더니 시선을 반대쪽으로 돌렸다.

"젠장, 술 마실 기분도 아니야. 가져온 거 있지?"

가져온 거라는 말에 부하들의 눈이 일제히 크게 떠졌다.

"그건 임무를 마친 뒤 기분풀이용으로 가져온 거 아닙니까?"

"내가 온 이상 성공한 거나 다름없다니까? 네 녀석들도 저 마법사들처럼 꼬리 감추기냐? 칸나 그년처럼?"

칸나라는 말에 레이지는 오른손을 또 한 번 강하게 움켜쥐었다. 하지만 아까처럼 숨을 고르며 인내심을 발휘했다.

"그래도 비싼 와인인데 말입니다."

"이번 일만 성공하면 와인을 맥주잔으로 퍼마시게 해줄 테니 걱정 마. 올라가서 마시자."

죠르제는 자리에서 벌떡 일어나 계단을 통해 이층으로 올라갔다. 부하들은 서로 눈치를 보다가 슬그머니 자리에 일어나 그를 따라갔다.

　레이지는 그들이 모습을 감추자 길게 숨을 내쉬면서 의자
에 등을 기댔다. 계산이라는 걸 항상 염두에 두던 그였지만
자신에게 일격을 날린 놈을 두고 인내심을 발휘하기란 여간
힘든 일이 아니었다.

　그는 물을 한 잔 들이켜고선 생각에 잠겼다.

　'칸나와 나르디안이라……. 너무 뻔한 관계라 새삼 놀랍지
도 않군.'

　오히려 너무 뻔하게 이어질 것 같은 관계라 굳이 예측하지
않았다. 좀 더 자초지종을 알아야 확실해지겠지만, 도망친 옛
제자와 제이워드였을 때의 자신을 죽인 나르디안과의 협력
관계만큼은 확실히 파악했다.

　'아무래도 내가 남겨놓은 마법이나 유산에 대한 권리를 주
장하기 위해 나르디안과 손을 잡았을 수 있어. 혹은 칸나가
나르디안에게 뭔가 제안하고 나를 죽이도록 부추겼을 수도
있고.'

　제이워드가 죽은 이후 얼마 되지 않아 칸나가 모습을 드러
냈다는 점과 별 다른 문제 없이 제이워드의 제자로 인정받았
다는 사실에 나르디안이 힘을 썼을 가능성이 컸다.

　'어찌 되었든 간에 저들에게 먼저 유즈 탐사를 허용해서는
안 돼.'

자신이 원래 가진 힘을, 그것도 나르디안과 칸나에게 양보할 마음은 추호도 없었다.

레이지는 다시금 끓어오르는 분노를 억누르며 주변을 둘러보았다. 죠르제와 그 부하들, 그리고 볼케스와 다른 마법사들이 떠난 테이블 옆에는 두 명의 남녀가 마주 앉아 있었다.

그중 여자 쪽에 시선이 자연스레 끌렸다. 여자라서가 아니라 그녀의 복장 때문이었다.

신성함과 순결함을 상징하는 백색의 법의.

그 법의 곳곳에 검은색 선으로 그려진 십자가 문양과 목에 걸려 있는 로자리오.

'베르시아 교단의 성직자겠군.'

유일신 베르시아를 섬기고 그 가르침을 따르는 성직자로 구성된 조직이 바로 베르시아 교단.

프라다니스 대륙 곳곳에 퍼져 있으며 그 교세는 기존의 다른 종교들을 모두 사라지게 할 만큼 대단하다.

'그러고 보니 베아트리체는 잘 있을까?'

레이지는 제이워드였을 당시 같이 싸웠던 네 명의 동료 중 하나를 떠올렸다. 20대 중반의 어린 나이, 무엇보다 여성임에도 클래스 6의 추기경이라는 지위에 오를 정도로 놀라운 신성력을 지녔던 베아트리체는 제이워드와 사고방식 부분에서 많은 차이점을 보였다.

흔히 매직 유저와 홀리 유저 간에 일어나는 인식 차이였다.

신의 존재를 부정하냐 인정하냐의 간단한 차이였지만 그 조그만 차이 때문에 100년에 걸친 종교전쟁까지 일어날 정도였으니. 서로 차가운 얼굴로 언쟁하던 옛 기억을 떠올리자 그의 얼굴에 씁쓸한 미소가 자리 잡았다가 사라졌다.

'하나 저 복장은 일반적인 성직자와 좀 다르군.'

레이지는 베르시아 교단 소속이 분명할 여성을 찬찬히 살펴보았다.

20대 초반으로 보이는 외모에 비해 표정은 꽤나 진지했다. 뒷머리를 베르시아를 상징하는 벽색의 더리띠로 하나로 묶었고, 앞머리를 옆으로 내려 양쪽 볼을 살짝 감싸는 머리 모양이었다. 피부색은 건강미가 넘치는 갈색 피부에 붉은색의 작은 입술이 자리 잡고 있었다.

'성직자가 아니었다면 남자 꽤나 홀렸을 얼굴이야.'

하지만 그의 관심을 끈 것은 그녀의 외모가 아니라 복장이었다. 법의 위에 날렵한 동작을 위해 몸에 달라붙은 레더 아머를 걸치고 있었고 특히 어깨에 그려진 문양은 일반적인 성직자와 달랐다.

'잠깐……. 지금 저 여자, 오러 유저인가?'

좀 떨어진 거리이긴 하지만 그녀로부터 느껴지는 기운은 분명히 오러였다. 혹시나 해서 두 눈을 감고 집중한 상태에서 확인해 봤지만 결과는 마찬가지였다.

'그래, 그거였어. 이제야 기억났어. 그때의 그 녀석이 그

랬지.'

레이지는 두 눈을 뜨며 짧은 기간 동안 함께 싸웠던 성직자를 기억해 냈다. 성직자를 지칭하는 홀리 유저이자 동시에 오러 유저이기도 한 그는 제이워드를 거쳐갔던 세 명의 베르시아 교단 출신 중 두 번째 인물이었다.

'성당기사단(Knights Templar)의 일원이었지. 지금 저 여자처럼.'

오러, 매직, 홀리 이 세 가지 힘 중 두 개의 힘을 동시에 발휘할 수 있는 극소수의 능력자를 지칭하는 단어, '듀얼 클래스'.

베르시아 교단은 그중 오러 능력도 소유한 자들을 성당기사단으로 편성해 정책적으로 육성했다. 일반 단원은 오러와 홀리 모두 2등급 이상이 되어야 하고, 조장급은 3등급 이상, 기사단장은 4등급을 달성해야 한다.

'기껏해야 20살 정도밖에 안 되어 보이는데…….'

제이워드였을 당시 제국을 이기기 위한 고대의 마법을 발굴할 목적으로 베르시아 교단과 협력 관계를 가진 적이 있었다.

당시 그와 함께 일했던 성당기사단원은 40대의 나이에, 과묵한 중년 남성이었다. 그래서인지 20대 초반의 젊은 여성이 성당기사단의 일원이라는 사실을 알고서도 받아들이기 힘들었다.

'분위기를 보아 아까 그 일행들과 같이 행동하는 것 같아. 교단의 지령에 따라 행동하는 이상 단독으로 참여했을 리 없지.'

나르디안과 칸나에 교단까지.

그의 앞길을 가로막는 존재가 늘어났다는 사실에 머릿속이 복잡해졌다.

이럴 땐 상대를 더 관찰해야 한다. 레이지는 자리에서 일어나 그녀가 있는 테이블 쪽으로 걸어갔다.

"베르시아님의 가호가 함께하길."

그는 오른손으로 성호를 그으며 베르시아 교단의 기도문을 짧게 읊었다. 그러자 그녀 역시 똑같이 성호를 그으며 같은 말로 대답했다.

"베르시아 교단의 성직자 분을 이런 곳에서 만나게 될 줄 몰랐습니다."

"이것 역시 그분이 이끄시는 대로입니다."

레이지는 그녀의 대답을 들으며 슬그머니 테이블 위에 놓인 지도에 눈길을 주었다. 그녀의 맞은편에 앉아 있는 남자는 지도를 반으로 접어 테이블 구석으로 치웠다.

"아, 훔쳐보려고 했던 것이 아닙니다. 호기심 때문에 그런 것이니 양해 바랍니다."

레이지가 정중하게 나오자 남자는 무안하다는 듯 뒤통수를 긁적거렸다.

"아, 제 소개를 아직 안 했군요. 전 크로이덴 가문 출신의 레이지 크로이덴이라고 합니다."

그는 자신의 이름을 말하면서 가문의 문양이 박힌 단검의 검자루를 그녀에게 보여주었다.

"크로이덴 가문이라면 길레터 왕국의?"

"제 가문을 아십니까?"

"알다마다요. 부자에 걸쳐서 소드 마스터가 배출된 가문은 그리 흔하지 않습니다. 오러 유저라면 당연히 기억할 수밖에 없습니다."

케인즈, 그리고 케이지의 이름은 길레터 왕국 밖에서도 충분히 통용되었다.

'가문의 이름값이라는 게 참으로 유용해. 덕분에 이야기가 쉽게 풀리겠어.'

레이지는 옆 테이블의 의자를 들고서 두 남녀 사이에 슬쩍 밀어넣었다.

"홀로 여행 중이라 말동무가 절실합니다만, 합석해도 되겠습니까?"

4

30분이 넘도록 테이블에 앉은 세 남녀의 이야기가 쉬지 않고 이어졌다.

"그러니까 엘번 섬과 정반대인 이곳까지 오시게 되었군요?"

"세상 경험하겠다고 자신만만하게 큰소리치고 나오긴 했는데, 길 하나 제대로 못 찾아서 여기까지 흘러왔으니 할 말이 없죠."

"저도 사실 첫 파견 근무를 나왔을 때도 그랬답니다."

레이지의 너스레에 살며시 미소를 짓는 그녀의 이름은 세리타 T. 말리스. 칼루아 왕국에 이름난 명문 집안 말리스가의 외동딸이다.

그녀는 일곱 살이라는 어린 나이에 홀리 유저로 판명되어 교단의 총본산 성지(聖地) 바르디아로 성직자 수행을 받으러 떠났다.

그러던 중 열일곱 살의 나이에 오러에도 눈을 뜨게 되었다.

신이 내려준 두 개의 능력 모두를 활용하는 것이 신의 뜻이라 여긴 그녀는 스물두 살이 되는 올해 오러 랭크 3과 홀리 클래스 3에 도달해 정식으로 성당기사단 제3조의 조장으로 서임되었다.

"도련님, 보기와 달리 어리숙한 부분도 있구먼! 허허!"

너털웃음을 터뜨리며 맥주를 들이키는 이 남자의 이름은 모르딕. 평민 출신으로 열다섯 살 때부터 트레저 헌터로 30년 가까이 일해온 베테랑이다.

유적 내 탐사에는 잔뼈가 굵은 인물로서 함정 해체와 유적

내 비밀 통로 발견 및 룬 문자 해독 능력까지 갖추었다. 물론 읽더라도 마나를 실어 마법으로 구현하는 건 불가능하며 그저 적힌 문자를 해석하는 수준이다. 하지만 고대 유적에 기록된 문자 대부분이 룬 문자라는 점을 감안하면 충분히 도움이 된다.

"그래도 덕분에 많은 걸 알게 되더군요. 좁은 저택 안에 머물고 있을 때에 비하면 매일 하루하루가 새롭기만 합니다."

레이지가 그들 앞에서 연기하고 있는 모습은 '세상을 알기 위해 홀로 떠난 귀족 출신의 도련님'이었다. 추가로 호기심이 왕성한, 다소 귀찮을 수도 있는 성격을 내밀었다.

"유적에 관심이 많으십니까?"

"그야 제가 태어나기도 전에 존재했던 문명의 흔적인데 관심이 안 갈 수 있겠습니까? 마음 같아서는 여러분들과 함께 그 드루기아의 유적을 경험해 보고 싶지만, 방해만 될 터이니 참아야죠."

레이지는 호기심이 많다는 점을 내세우면서 세리타와 모르딕에게 사사로운 것부터 하나씩 물어봤다. 그러다가 이 근처에 유적이 있는데 어떤 곳이냐는 질문을 던지면서 자연스럽게 그들의 목적이 무엇인지 유도해 냈다.

"그런데 그 유적 탐사는 극비리에 이루어지는 것 아닙니까? 저에게 이렇게 쉽게 말해주셔도 될까요? 제가 물어본 것이긴 해도 다시 생각해 보니 함부로 내뱉을 말은 아니었다고 후회하게 되는군요."

레이지가 우려하는 표정을 짓자 세리타는 가볍게 미소를 지으며 고개를 저었다.

"엄연히 공식적으로 진행되는 일이니 상관없습니다. 대마법사 제이워드가 남긴 비밀 연구소를 그의 유일한 제자이신 칸나님께서 찾고자 하는 일이니까요. 단지 그걸 일부러 주변에 알릴 필요가 없을 뿐입니다."

"뭐, 도굴꾼들도 함부로 들어갈 엄두도 못 내는 곳이니 알려져도 큰 문제는 없게 마련입죠. 트레져 헌터인 저 역시 한번쯤 탐사해 보고픈 곳이었지만, 거길 헤쳐나갈 만한 실력자들을 못 구해서 손만 빨고 있었답니다."

고작해야 돈으로 고용한 용병들을 데리고 죽을 고비를 넘기기 일쑤였다. 언젠가는 오러 유저들과 함께 잘 알려진 유적을 직접 탐험해 보고 싶다는 꿈을 꾸었고, 내일이면 그 꿈이 현실화된다는 생각에 모르딕의 말투는 들떠 있었다.

물론 오러 유저들이 자신에게 말조차 건네지 않고 거의 하인 취급한 탓에 기가 죽어 있었다는 건 까맣게 잊어버렸다.

"그나저나 이렇게 귀족 분들과 편하게 이야기를 나누게 될 줄은 몰랐습니다. 아까 그 소드 엑스퍼트 양반과 마법사들은 저와 눈이 마주치는 것도 꺼려 하던데……."

"베르시아님의 가르침에 따르면, 모든 인간들은 공평하게 그분의 가호를 받고 태어나게 마련입니다."

기도보다 직접 검을 들고 교리에 어긋나는 행위에 맞서는 성당기사단원이긴 해도 근본은 베르시아 교단의 성직자인지라 자비로운 말이 자연스럽게 그녀의 입에서 흘러나왔다.

"저는 실력만 있다면 귀족이니 평민이니 하는 차별 따위 무의미하다고 스승님께 배웠죠. 그것을 따르는 것뿐입니다."

지금은 죽어서 머나먼 곳으로 떠나 버린 스승 샤를로트.

그녀는 실력이 있는 자를 제대로 알아보지 못하는 것은 죄이며 그러한 자를 제대로 쓰지 못하는 것 역시 죄라는 가치관을 가지고 있었다.

비록 조국인 카르도니아 왕국 내 마법사들에게 경원시 당했지만, 그녀 특유의 개방적인 사고방식 덕분에 드물지만 진실된 동료들이 분명히 존재했다. 그들 덕분에 과거 제이워드였을때 여러모로 도움을 받은 적도 있었다.

"그러고 보니 아까 감췄던 건 유적의 지도입니까?"

레이지의 질문에 모르딕은 접었던 지도를 펼치며 탁자 위에 올려놓았다.

"이걸 저에게 보여줘도 되는 겁니까?"

"도련님이 이걸 보고 먼저 선수칠 생각을 품진 않을 거잖아요?"

'아니, 선수칠 생각인데?'

레이지는 마음속으로만 대답하고 두 눈을 깜박거리며 지도를 찬찬히 훑어봤다. 한동안 뚫어지게 쳐다본 뒤 고개를 설레설레 저으며 한숨을 내쉬었다.

"지도에 적힌 표식이 제가 알고 있는 것과 영 달라서 이해하기 힘들군요."

"이건 트레저 헌터들이 주로 쓰는 축약 기호라서 알아보기 힘들 겁니다."

레이지는 골이 아프다는 시늉을 하며 두 눈을 감고서 의자 뒤로 고개를 젖혔다. 그리고 자신이 기억하고 있는 유적의 구조와 지도의 내용을 하나씩 비교하며 떠올렸다.

'구조 자체만은 거의 흡사해. 내가 예전에 만들어놨던 지도를 칸나 그년이 훔쳐갔었지? 아마 그걸 그대로 제공했나 보군.'

하지만 누군가에게 누설된 이상 그대로 놔두지 않았다. 제이워드였을 때의 그는 비밀 연구소를 다시 점검하면서 새로운 함정을 설치하거나 몬스터들이 배치된 위치를 조정했다.

사실 다른 곳을 찾는 게 더 확실했지만, 당시엔 칸나의 존재를 거의 무시했기 때문에 그냥 더 험난하게 유적을 구성하는 걸로 만족했다.

'하지만 트레저 헌터가 지도를 그대로 믿을 리 없지.'

애초에 지도대로 고대 유적이나 동굴 같은 곳을 탐사한다면 트레저 헌터 자체를 대동할 필요가 없다. 지도에 누락되어 있는 함정이나 비밀 통로를 찾아내는 데 그들의 힘이 필요하기 때문이다.

"휴우~ 오래간만에 이야기를 나누다 보니 피곤하군요. 전
먼저 올라가서 쉬도록 하겠습니다."

레이지는 피곤한 기색을 드러내며 먼저 이층으로 올라갔
다. 그리고 방에 들어가 문을 닫자 세상 물정 모르는 도련님
의 표정은 완전히 사라졌다.

5

레이지는 침대에 드러눕고서 천장을 바라보았다.

세리타와 모르딕과의 대화에서 얻은 정보를 바탕으로 생
각을 정리하기 시작했다.

'이야기를 들어보니 교단은 직접 칸나와 손잡은 건 아니
야.'

고대 유적이라는 특징상 성물(聖物)이 발굴될 가능성도 있
다. 그것에 대한 소유권을 주장하기 위해 교단 소속인 세리타
를 파견한 것이다.

'죠르제 그놈의 태도로 보아하니 이번 탐사는 막무가내로
진행될 가능성이 커.'

그가 기억하는 죠르제의 성향은 자기 중심적이다.

특히나 자신을 알아봐 주지 않는 이에 대해서 반감을 노골
적으로 드러내기도 했다. 제이워드였을 때의 그 앞에선 조용
히 지냈지만, 그건 단지 제이워드의 입지를 두려워한 것에 불

과하다. 부하들에게 호탕하게 구는 듯하면서도 조금이라도 심기가 뒤틀리면 지나칠 정도로 화풀이를 하곤 했다.

'하지만 모르딕의 실력이라면 내가 설치해 놓은 함정들을 모두 돌파해 낼 가능성도 있어. 세리타 역시 트레저 헌터의 기술들을 미숙하게나마 익히고 있기도 하고.'

신의 이름을 대신하여 전투에 임하는 성당기사단의 경우 조장 급에 해당하는 이들은 각자 한 가지 이상의 특수 기술을 습득하고 있었다.

세리타의 경우 트레저 헌터의 지식과 기술을 어느 정도 익히고 있는 상태였다. 모르딕과의 대화를 나눌 땐 보통 사람들은 이해하기 힘든 전문적인 용어와 지식들이 오가는 걸 그의 귀로 분명히 들었다.

'모르딕이 도중에 죽기라도 하면 훨씬 수월하게 일이 풀릴 거야. 하지만 다른 일행의 수가 워낙 많고 지금의 내 실력으로는 무리일지도 몰라.'

얼마 전 자신보다 무려 4서클이나 높은 펠튼을 이기긴 했지만 어디까지나 상대방에게 제약이 걸린 상태였다. 무엇보다 상대를 서로 죽이기 위한 대결이 아니었던 걸 감안해야 한다.

'먼저 유적 안으로 들어가 챙길 만한 것은 다 챙긴 뒤 허탕치게 할까?'

그는 선수를 칠까 하는 생각을 하자마자 고개를 가로저었다.

그때와 지금의 자신은 엄연히 다르다. 서클 7의 아크메이지의 실력은 당연히도 지금보다 월등히 강하다.

'그렇다면… 그래, 그렇지.'

레이지는 자신도 모르게 미소를 지으며 감았던 눈을 떴다.

지금의 자신은 약하지만 그들이 가지지 못한 월등한 이점을 지니고 있다.

유적의 내부 구조를 훤히 꿰고 있다는 점이다.

'전면에 나서지 못한다면, 뒤에서 그들이 공포에 빠져 울부짖는 것을 보는 것도 나쁘지 않아.'

특히 죠르제만큼은 절대 그냥 보낼 수 없다.

오러 랭크 4에 불과한 소드 엑스퍼트에 등을 찔렸다는 치욕을 배로 갚아줄 생각에 그는 웃음을 터뜨렸다.

'죠르제, 두고 봐라. 너에게 새로운 지옥을 선사해 주도록 하지!'

Chapter 14
죽은 이가 남긴 공포

1

이른 새벽.

레이지는 평소보다 일찍 눈을 떴다.

허름하긴 해도 침대 위에서 편하게 잠을 잔 덕분에 피로는 완전히 풀렸다. 그는 전날 챙겨놓은 장비를 다시 한 번 확인한 후 문을 열고 방 밖으로 나갔다.

막 해가 뜨기 시작한 직후인지라 여관 안에서 그 말고 일어난 이는 아무도 없었다. 혹시라도 누군가 깰까 조심스럽게 걸음을 옮기면서 여관 밖으로 나왔다.

원래 인구 자체가 적은 마을이기도 하고, 안개가 짙게 깔려서 그를 볼 수 있는 사람은 아무도 없었다.

"이제 시작이로군."

그는 어젯밤 만든 검은색의 가면을 집어들고 씨익 미소를 지었다, 가면에 그려진 표정과 완전히 똑같은.

*　　　*　　　*

레이지가 여관을 떠난 지 대략 2시간 뒤에야 죠르제는 눈을 떴다. 그는 전날 마신 와인 때문에 숙취에 시달리며 부하들에게 빨리 준비하라고 호통을 쳤다. 막상 와인을 겨우 한 잔 정도밖에 마시지 못한 그의 부하들은 투덜대면서 짐을 챙겼다.

마법사들은 미리 준비를 마치고 1층에서 죠르제를 기다리고 있었다. 당연히 그들의 얼굴에 불만이 가득하기는 마찬가지였다. 하지만 베르시아 교단의 성당기사단 소속 세리타의 눈을 의식해서인지 귓속말을 주고받을 뿐이었다.

"으윽……. 속 쓰려."

죠르제는 계단 난간을 붙잡고 비틀거리며 1층으로 내려왔다. 그의 뒤를 따라오는 부하들은 손바람으로 그가 남긴 술냄새를 날리며 인상을 찌푸렸다.

"모두 준비는 마쳤습니까?"

"한 시간 전부터 다른 분들은 모두 기다리고 있었습니다, 죠르제 경."

세리타가 굳은 표정으로 대답하자 죠르제는 뒤통수를 긁적이며 그녀의 눈을 일부러 피했다. 마법사들과 달리 교단이라는 거대한 배경이 뒤에 있는 그녀를 막 대할 수 없었기 때문이다.

"그러면 출발하도록 하죠."

그는 아직도 남아 있는 술기운에 관자놀이를 만지며 인상을 썼다. 선두에 선 그의 뒤에 있는 나머지 인원들은 한결같이 한심하다는 눈빛을 보냈다.

'어차피 고작 유적 들어가는 것에 왜 그리들 진지해? 후딱 마치고 돌아가서 쉬어야겠어.'

그에게 있어서 제이워드는 자신에게 등을 찔린 보잘것없는 마법사에 불과했다. 그런 그가 드루기아의 유적에 설치했다는 비밀 연구소 역시 술 마시듯 쉽게 해결할 거라 믿어 의심치 않았다.

"세리타님, 과연 잘 될까요?"

모르딕의 얼굴에는 근심이 사라지지 않았다.

"모든 건 베르시아님이 이끄시는 대로 이루어질 겁니다. 너무 심려치 마세요."

그녀는 성호를 그은 뒤 일행의 뒤를 따라갔다.

2

드루기아의 유적.

지금으로부터 300여 년 전, 칼루아 왕국이 건국되기 훨씬 이전에 존재했던 국가가 있었다.

제르기아스 왕국.

200년 동안 지속된 왕국이었지만 전성기 자체는 그리 길지 않았다. 하지만 그 전성기를 이끌었던 왕의 이름만은 대륙 곳곳에 널리 알려져 있다.

드루기아 3세, 통칭 드루기아 대왕으로 불리는 그는 한때 대륙의 1/4을 차지할 정도로 세력을 확장했다. 정복욕만큼이나 재물욕도 강했던 그는 대륙 각지에서 끌어모은 보석과 마법 아이템을 수집하는 데 한 해 예산의 절반 이상을 소모할 정도였다.

그는 죽은 뒤에도 자신의 재산을 빼앗기는 걸 용납하지 않았다. 유적이라는 이름하에 살아서 모았던 것들을 지하 깊숙한 곳에 감춰두었고 그 어떤 침입자도 용납하지 않기 위해 무수한 함정을 설치하고 동시에 흉악한 몬스터들을 유적 내에 거주하도록 잡아서 가두어 놓았다.

하지만 그 어떤 것도 시간의 흐름을 이길 수 없다고 했던가.

100년에 한 명 나타날까 말까 할 정도로 희귀하다는 서클 7의 아크메이지 제이워드 앞에선 난공불락이라는 명성은 통용되지 못했다.

그는 유적이 생긴 이후 수많은 모험가들과 도굴꾼들의 목숨을 앗아간 함정을 여유롭게 피했다. 유적 안에 갇혀서 오직 보물을 지키기 위해 존재하던 몬스터들은 그의 마법 앞에 속수무책이었다. 결국 죽어서까지 자신의 것을 빼앗기지 않으려던 드루기아 대왕의 탐욕은 제이워드의 마법 앞에 허무하게 무너지고 말았다.

하지만 레이지는 유적의 보물 그 자체만을 노리고 오지 않았다. 유적의 구조 자체는 당시 여러 곳에 비밀 연구소를 마련하던 제이워드에겐 너무나 매력적이었다. 그는 세월의 흐름을 이기지 못하고 망가져 작동하지 않았던 함정들을 다시 고치고 새로운 몬스터들을 통째로 잡아서 가두어 놓으면서 그만의 새로운 유적을 만드는 데 성공했다.

3

"참으로 황량한 곳이로군."

수풀이 우거진 정글을 한참이나 헤쳐나간 뒤에 도착한 유적 앞에 탐사단 일행이 멈춰 섰다.

죠르제는 이제야 기운이 나는지 유적 입구를 바라보며 기지개를 폈다.

"어이, 여기 맞지?"

"네, 이곳이 드루기아 대왕의 유적 맞습니다."

모르딕의 대답에 죠르제는 연신 하품을 하며 아직 가시지 않은 졸음을 억지로 버텨냈다.

결국 그는 숙취를 이기지 못하고 말 위가 아닌 마차 안에서 곤히 잠들어 있었다. 그를 바라보는 마차 안의 인간들이 어떤 표정일지는 굳이 설명할 필요가 없었다.

입구 위에 세워져 있는 사자 석상은 오랜 시간의 흐름 속에서 투박한 형상만을 유지하고 있었다.

"촌동네 왕치고는 허세가 흘러넘치는군. 죽으면 그만인 걸 자신의 묘지 따윌 거창하게 만들고 말이야. 안 그래?"

죠르제의 말에 부하들은 어쩔 수 없이 고개를 끄덕거렸지만, 칼루아 왕국 출신인 세리타의 얼굴은 당연히 경직되었다.

"그러면 그 잘난 대왕의 무덤이 어떤지 한번 들어가 볼까?"

죠르제는 덜 풀린 목을 돌리면서 유적 입구로 걸어 들어갔다. 그의 부하들과 칸나가 파견한 마법사들이 뒤를 따랐고, 모르딕과 세리타가 그들을 앞질러 갔다.

"어이, 불 좀 켜. 아무것도 안 보여."

"알겠습니다."

모르딕은 멘 배낭에서 기다란 나무 막대를 꺼내 끝을 헝겊으로 감쌌다. 부싯돌로 불을 붙이자 자연스레 횃불이 되었고 햇빛이 들어오지 않는 유적 안을 밝혔다.

"별 볼일 없는 곳이로군."

폭 3미터 가량의, 일직선으로 쭉 이어진 통로가 그들을 맞이했다. 바닥 곳곳에는 이끼가 잔뜩 껴 있었고, 근처를 돌아다니던 쥐들이 화들짝 놀라 어둠 속으로 사라졌다.

"제가 앞장서겠습니다."

"그러면 전 후방을 맡겠어요."

모르딕과 세리타가 각각 일행의 전방과 후방에서 횃불로 시야를 밝히는 가운데 천천히 유적 안으로 진입했다.

"이곳이 그 드루기아 대왕의 유적……"

"생각보다 좀 초라한데."

"엄청난 황금을 숨겨놨다는 곳치고는 뭔가 아닌 것 같아."

"벽을 온통 황금으로 도배했다는 이야기는 도대체 어디에서 나온 거야?"

유적 탐사에 처음인 이들은 나름대고 품었던 기대감이 무너지는 걸 느끼며 한마디씩 내뱉었다.

'왠지 일이 잘 안 풀릴 거 같아. 용병 녀석들과 일할 때도 이런 기분은 안 들었는데, 하아…….'

모르딕은 남몰래 한숨을 내쉬었다.

하지만 계속 낙담할 수는 없었다. 그는 지도를 왼손에 펼쳐 들고 간간이 보면서 고개를 좌우로 돌렸다.

"뭘 그렇게 긴장하고 있어?"

언제 어떤 일이 일어날지 모르는 곳이라 모르딕 입장에선 긴장할 수밖에 없지만 죠르제에겐 그저 따분하기만 했다.

"더 빨리 못 가?"

"죄송합니다. 제 실력이 모자라 조심할 수밖에 없습니다."

모르딕은 대답을 하면서도 주변을 꼼꼼히 살피며 전진했다. 한 50미터 가량을 나아간 후 지도에 빨간 표시가 된 부분에 도달하자 모르딕은 뒤로 손을 내밀어 일행의 걸음을 멈춰 세웠다.

"제가 먼저 확인해 보겠습니다."

그가 함정 탐색용 물품을 꺼내는 사이 죠르제가 거들먹거리며 앞으로 나섰다. 그리고 손가락으로 천장과 바닥의 금을 가리켰다.

"이것 봐. 이 부분의 틈이 유독 눈에 띄잖아? 분명히 함정이 있을 거야."

"마, 맞습니다."

당연한 이야기에 모르딕은 어쩔 수 없이 맞장구를 쳐야 했다.

"게다가 굳이 해체할 필요까지 있겠어?"

죠르제는 검집에서 검을 꺼냈다. 오러가 주입된 검신이 빛을 발하며 유적 안을 밝혔다.

"다들 잘 보라고."

그는 검을 크게 좌우로 두 번 휘둘렀다. 검신에 머물고 있던 오러가 충격파가 되어 날아가더니 함정이 있는 바닥을 산산조각 냈다. 충격 때문에 밑에서 창이 솟아오르는 함정이 발동되었지만 도중에 작동이 멈추었다.

"봐, 이런 식으로 그냥 때려부수면 그만이야. 어차피 인간이 만든 건데 별수 있겠어?"

"죠, 죠르제님! 자칫 잘못하면 통로 자체가 무너질 수 있습니다!"

"무너지긴 뭐가 무너져? 튼튼하기만 하잖아?"

죠르제는 주먹으로 벽을 툭툭 건드리며 어깨를 으쓱거렸다. 그리고 솟아오른 창 사이를 유유히 빠져나갔다.

찰카닥.

"어?"

죠르제는 걸음을 멈추고 발밑을 내려다보았다.

그의 오른발이 디딘 부분만 살짝 파여 있었다. 그리고 솟아나왔던 창들이 빠르게 바닥 아래로 쑥 들어갔다.

"위험합니다!"

"뭐, 뭐야?"

모르딕은 고함을 지르며 죠르제를 옆으로 밀쳐냈다. 그 짧은 사이 밑에서 새로운 창이 솟아오르면서 모르딕의 오른쪽 허벅지를 스치고 지나갔다.

"으아악!"

"모르딕!"

모르딕은 비명을 지르며 바닥에 쓰러졌다. 세리타는 횃불을 바닥에 내던지고서 황급히 그에게 달려왔다.

"세상에나……. 괜찮아요?"

"으윽, 괜찮… 습니다."

세리타는 주먹만 한 살점이 날아가 버린 모르딕의 오른쪽 종아리를 살펴보며 근심 어린 표정을 지었다. 무엇보다 상처 부위가 푸른색으로 빠르게 변색되는 걸 보면 창끝에 독이 발려 있음에 분명했다.

해독 포션과 지혈 포션을 번갈아가며 바른 뒤 붕대로 상처 부위를 감싸는 일을 세리타 혼자 하는 동안 나머지 일원들은 멀뚱히 바라보고만 있었다. 마법사 중 몇 명은 바닥에 흥건히 흘러나온 피를 보고 시선을 다른 곳으로 돌렸다.

"젠장, 이게 뭐야? 하마터면 뇌진탕에 걸릴 뻔했잖아. 제대로 못해?"

"죄… 죄송합니다."

뒤통수를 매만지며 투덜거리는 죠르제에게 모르딕은 부상을 입었음에도 억지로 몸을 일으켜 고개를 숙였다. 세리타의 눈매가 날카롭게 변했지만 그녀의 분노는 죠르제에게 조금도 전해지지 않았다.

"세리타님, 귀찮게 뭔 붕대질입니까? 힐링으로 후딱 회복시키면 되지 않습니까?"

"전 성당기사단 소속입니다. 사제와는 다릅니다."

홀리 유저의 경우 힐링(Healing)이라는 특수한 능력으로 상처나 병을 회복시킬 수 있다. 클래스가 높은 사제의 경우 거의 죽음에 이른 자들마저 회복시키는 일이 가능하다.

하지만 신의 이름을 걸고 싸우는 성당기사단원들은 힐링을 구사하지 못한다. 대신 스스로의 육체를 빠르게 회복시키는 재생(Regeneration)을 터득한다.

"정말로… 감사합니다."

"아니에요. 당연한 일을 한 것뿐이에요."

세리타의 응급처치 덕분에 모르딕의 생명에는 지장이 없었다. 그러나 더 이상 그를 대동하고 가기엔 무리였다.

"모르딕의 부상이 생각보다 심해 더 이상 동행이 불가능합니다."

"그렇습니까? 그러면 먼저 나가서 기다리게 하면 되겠군요. 어이, 누가 저놈 부축시켜서 밖으로 데리고 나가."

죠르제의 지시에 부하 중 한 명이 모르딕을 부축해서 입구 쪽으로 걸어나갔다. 세리타는 얼굴이 살짝 찌푸리면서 그를 정면으로 바라보았다.

"트레저 헌터 없이는 더 이상 진행이 불가능합니다. 다른 사람을 구하든지……."

"세리타님께도 트레저 헌터의 지식이 있지 않습니까? 뭘 굳이 다른 놈들을 구합니까?"

"전 아직 미흡합니다."

모르딕처럼 수십 년간의 경험이 없는 세리타로선 망설일 수밖에 없었다. 어디까지나 그녀는 모르딕을 보조해 주는 역할이지 대신할 수는 없다.

"어차피 이런 유적 따위 대충해도 될텐데요?"

"아까 보셨다시피 조금이라도 방심하면 큰 부상을 입게 됩니다."

"그건 저 녀석이 미숙해서 그런 겁니다."

세리타는 순간 욕설이 입 밖으로 튀어나올 뻔했다. 성호를 그으며 분노를 가라앉혔지만 다시 죠르제의 얼굴을 보자 표정이 굳어졌다.

"왜 그렇게 험상궂은 얼굴로 절 바라보십니까?"

"……"

둘 사이의 분위기가 심상치 않게 돌아가자 나머지 일행들은 웅성거리기 시작했다.

서로 말없이 노려보기만 하는 두 남녀를 보다 못한 볼케스가 입을 열었다.

"칸나님께선 조금이라도 더 빨리 스승님의 유산과 만나고 싶어합니다. 미약할지 몰라도 저희들이 힘이 되어드리겠습니다."

"알겠습니다."

볼케스의 설득에 세리타는 분노를 삼킨 뒤 횃불을 집어 들고 선두에 섰다. 죠르제는 뒤에서 그녀의 몸 이곳저곳을 살펴보며 혀를 찼다.

'저년, 생긴 건 맛깔스럽게 생겼는데 엄청 고지식하군. 사

사건건 참견하는 게 너무나 귀찮아. 교단의 하수인만 아니었
다면 하는 말 따위 무시해 버리면 되는데…….'

칸나가 보낸 마법사들과 달리 세리타는 그가 절대로 함부
로 대할 입장이 아니었다. 물론 실제 실력은 자신이 훨씬 앞
선다고 자부하면서 스스로를 위안했다.

어수선했던 분위기가 정리된 후 일행들은 천천히 유적 안
으로 들어갔다. 오른쪽 모퉁이를 돌아가자 입구 쪽에서 몰래
그들을 바라보고 있던 레이지가 아까 발동했던 함정 쪽으로
걸어갔다.

'생각 외로 일이 잘 풀리는군.'

검은 가면 안의 레이지의 입이 살며시 미소를 지었다.

원래 그가 제일 먼저 처리하고자 했던 이는 다름 아닌 모르
딕이었다. 유적 탐사에 있어서 가장 필수적인 인물을 제거함
으로 앞으로의 진행이 지옥으로 바뀌도록 유도할 작정이었
다.

'사실 모르딕을 내 손으로 처리하는 건 조금 꺼리긴 했지.
죠르제 그 녀석의 오만 덕분에 앓아서 탈락된 게 다행이라면
다행이겠지.'

모르딕에 비하면 세리타의 실력은 한참 모자란다.

실제로 어제 대화할 때 파악한 세리타의 실력은 초급자를
간신히 벗어난 수준에 불과했다. 그녀는 겸손을 부린 게 절대
아니다.

'이제 놈들을 기다리고 있는 건 지옥밖에 없어.'

트레저 헌터 없이 유적 안으로 파고드는 건 서서히 다가오는 죽음이나 마찬가지다. 그는 오른손으로 벽을 더듬더니 벽돌 하나를 살짝 집어서 눌렀다. 그러자 마찰음과 함께 벽 사이가 갈라지면서 비밀 통로가 천천히 모습을 드러냈다.

4

"으아악!"

외마디 비명이 울려 퍼졌다.

레이지의 검신이 델컨의 갑옷을 뚫고 날카롭게 파고들었다. 죠르제의 부하 델컨은 검 한 번 제대로 휘둘러보지 못하고 불의의 기습에 무릎을 꿇고 쓰러졌다.

"이녀석!"

죠르제는 오러에 휘감긴 검을 치켜들고 검은 가면을 쓴 레이지를 향해 달려들었다.

하지만 레이지는 죠르제와 맞서지 않고 뒤로 살짝 물러섰다. 레이지의 등이 벽에 닿자 그를 둘러싼 직사각형의 금이 주변에 그어지면서 새로운 통로가 나타났다.

"너무 늦어."

레이지는 왼손으로 가면을 움켜쥐고서 벽 안쪽으로 모습을 감추었다.

"거기 서!"

죠르제는 마구 고함을 지르며 레이지를 뒤따라가려고 했지만, 부하들이 그를 붙잡으며 만류했다.

"놈은 다리에 부상을 입었어! 지금이라도 뒤쫓아가면 돼!"

"안 됩니다! 보렌스와 파론이 어떻게 되었는지 보셨잖아요?"

"뒤따라가면 죽을 뿐입니다!"

죠르제와 그의 부하들이 외치는 소리가 벽 너머 뚫린 통로로 이동하는 레이지의 귀에 선명하게 들렸다.

'큰소리만 뻥뻥 치는군.'

레이지는 죠르제의 행태에 혀를 차면서 뛰고 있었다.

어둠 속에서 100미터 가량을 이동한 후 멈춰선 레이지는 왼손을 뻗었다. 그러자 마찰음이 들리면서 또 다른 비밀 통로가 모습을 드러냈다.

피융!

살짝 열린 틈 사이로 빛과 함께 석궁용 화살인 볼트(Bolt)가 발사되었다.

레이지는 고개를 숙여 급하게 피한 뒤 반대쪽으로 달리기 시작했다.

"여기다! 모두 이쪽으로!"

뒤늦게 죠르제의 고함이 울려 퍼졌다.

하지만 비밀 통로를 도로 닫은 레이지를 쫓아갈 순 없었다.

'역시 세리타가 맨 먼저 알아챘군.'

레이지는 감탄하면서 왼쪽 허벅지를 매만졌다.

유적 안에 거미줄처럼 연결되어 있는 비밀 통로를 통한 치고 빠지기.

칸나가 가지고 있는 지도에는 일절 표시되지 않은 비밀 통로는 레이지의 생명줄이자 죠르제 일행에겐 악몽이었다.

기척도 없이 등 뒤에서 공격하거나, 천장에서 마법으로 공격하거나, 심지어 해체했다고 생각한 함정을 도로 작동시키면서 한 명씩 차곡차곡 죽여가는 레이지의 행보는 그들에겐 공포나 다름없었다.

'지금이라도 돌아가는 건 용납하지 않겠어. 내 것을 노리고 들어온 이상 절대 깨어날 수 없는 악몽을 맛보곤 가야 하잖아?'

레이지는 검에 묻은 피를 털어내면서 다음 비밀 통로를 향해 달려갔다.

5

"괴, 괴롭습니다."

볼케스와 함께 온 마법사 모르온은 등에 기대어 앉고선 가슴을 부여잡고 거친 숨을 몰아 내쉬고 있었다. 몬스터들과의 전투 중에 갑자기 나타난 레이지를 상대하다가 실수로 함정을 발동시켜 왼쪽 가슴을 관통당하는 치명상을 입었다. 손가락 사이로 흘러내린 피가 로브 위를 붉게 물들였다.

가슴을 움켜쥐고 있던 모르온의 오른손이 힘을 잃고 아래로 축 쳐졌다. 세리타는 그의 두 눈을 감겨준 뒤 성호를 그었다.

"어디 있는 거냐! 비겁하게 모습을 숨기지 말고 당당히 드러내라!"

반쯤 이성을 잃은 죠르제는 검을 두 손으로 움켜쥐고 쉬지 않고 고개를 두리번거렸다. 데리고 온 브하 열 명 중 벌써 세 명이 싸늘한 시체가 되어버렸다.

부하들을 잃어서 광분하는 게 아니었다. 다음 번 희생자는 자기 자신이 될지 모른다는 공포에 사로잡혔기 때문이다.

"젠장!"

죠르제는 욕설을 내뱉으며 검을 땅바닥에 내동댕이쳤다.

그래도 분이 풀리지 않는지 거친 숨을 몰아쉬며 이마에 흐르는 땀을 거칠게 닦아냈다.

볼케스는 그런 죠르제를 바라보며 인상을 찌푸렸다.

'저렇게 이성을 잃고 날뛰기만 하면 해결될 일이 아니잖아.'

볼케스 역시 피해가 크긴 마찬가지였다.

그가 데리고 온 마법사 다섯 명 중 벌써 두 명의 목이 날아갔다. 아직 비밀 연구소까지 반도 오지 못했는데 이렇게 피해가 극심할 줄은 예측하지 못했다.

볼케스의 머릿속에는 이번 임무를 떠나기 전 스승 칸나가 남긴 말이 메아리치듯 되풀이되었다.

"잘 들어. 이번 임무에 실패한다면 넌 파문이야. 너말고 쓸 만한 제자들은 내 주변에 넘쳐난다는 걸 명심해. 비밀 연구소 안에 있을 마나 저장고를 찾아 이 수정구에 담아오도록. 혹시라도 빼돌리거나 허튼 수작을 부린다면 죽을 때까지 암살자가 따라갈 거야. 무슨 뜻인지 알겠지?"

칸나 그 자체로선 스승으로 섬길 메리트 따윈 없었다. 오만하고 성질머리 더러운 그녀의 비위를 맞추는 것만으로도 머리카락이 빠질 정도였다. 마법 실력은 서클 5이지만, 기존의 마법을 사용하기만 할 뿐 새로운 주문식을 창조한다든지 하는 일에는 전혀 소질이 없었다.

하지만 위대한 대마법사 제이워드 M. 만델의 유일한 수제자라는 사실은 그러한 단점을 모두 뒤덮고도 남았다. 그녀를 잘만 구슬러서 수제자로 인정받고, 제이워드가 남겼을 마법을 그녀로부터 직접 전수받는다면 그동안의 고생 정도야 버틸 만하다.

그러나 지금의 상황은 버티는 걸로 해결될 문제가 아니었다. 계속 진행하다간 다음에 목이 잘리는 건 자신이 될 수 있고, 그렇다고 지금 와서 돌아가자니 예정된 파문을 맞이해야 한다.

"그놈의 망할 도굴꾼 하나 때문에 이게 뭐야!"

죠르제는 벽을 발로 걷어차며 화풀이에 급급했다.

다들 이성을 잃거나 멍하니 서 있는 반면, 세리타 그녀 혼자만이 주변을 계속 경계하면서 다시 올지 모르는 습격에 대비했다.

'모르딕이 없는 게 너무 한스러워.'

검은 가면을 쓴, 정체를 알 수 없는 괴한의 습격은 벌써 다섯 번째.

비밀 통로를 이용해 몰래 나타났다가 유유히 사라지는 전법은 짜증을 넘어서 공포까지 유발시킨다. 실제로 남아 있는 이들 대부분이 혼란에 빠져 제실력을 내지 못하는 중이다.

세리타는 함정 탐색에 집중하느라 괴한의 존재를 뒤늦게 발견하곤 했다. 그녀 역시 치고 빠지는 전법 자체에 능숙하기에 직접 나서고 싶었지만, 그럴 경우 그가 아닌 다른 몬스터나 함정에 일행들이 비명횡사할 수 있다.

'한 방만 더 맞추었으면 확실했을 텐데.'

그녀는 등에 걸치고 있는 석궁을 매만지며 못내 아쉬워했다. 몬스터와 일행 그리고 괴한이 뒤섞여 싸우던 혼전의 양상이라 후속타를 먹이지 못했다.

"도굴꾼 따위가! 젠장! 제길!"

여전히 분이 풀리지 않은 죠르제는 애꿎은 벽에 발길질을 거듭하기만 했다. 보다 못한 세리타가 그에게 다가갔다.

"죠르제 경, 단순한 도굴꾼이 아닙니다."

"도굴꾼이 아니면 뭐란 말입니까?"

죠르제는 잔뜩 인상을 쓰며 세리타를 노려보았다.

반면 그녀는 그 어느 때보나 차분한 표정으로 말을 이어갔다.

"아시다시피 그는 이 유적을 그 누구보다 잘 알고 있습니다. 칸나님이 준 지도에 존재하지 않는 비밀 통로들을 통해 우리들을 서서히 압박해 오고 있습니다."

"그래서 어쩌란 말입니까!"

죠르제의 외침에 세리타의 표정이 살짝 굳어졌지만 이내 원래대로 돌아갔다.

"이렇게 혼란에 빠지는 것이야말로 그 자가 원하는 것입니다. 모르시겠습니까?"

검은색으로 점철된 가면을 쓰고 나타난 정체불명의 남자. 주문을 외울 때 허스키하면서 갈라진 목소리로 남자라고 추측하는 게 고작이었다. 정체를 알 수 없는 이에게 공격당해서일까, 일행에 혼란을 가져다주기엔 충분했다.

죠르제를 제외한 다른 이들은 모두 고개를 끄덕이며 긍정했다. 하지만 그저 화풀이 대상이 필요할 뿐인 죠르제에겐 그녀의 논리정연한 말 따위 귀에 제대로 들어오지 않았다.

"진행 속도를 더 늦추더라도 경계를 소홀히 해선 안 됩니다. 진심으로 부탁드립니다. 이런 식이라면 전멸당할 뿐입니다."

"망할⋯⋯."

마땅히 반박할 말이 없는 죠르제로선 벽을 향해 주먹을 내지르는 것밖에 없었다.

세리타는 다른 이들을 향해 애써 미소를 짓고선 뒤돌아 섰다. 솔직히 한숨 나오는 상황이었지만 그녀 혼자라도 평온함을 유지해야 했다.

세리타는 성호를 그은 뒤 목에 걸고 있던 로자리오를 입술에 맞추었다.

'베르시아님이여, 저와 이들을 보호해 주소서.'

6

제이워드일 때의 그는 비밀 연구소의 지도를 임시로 만들었다가 모조리 폐기했다. 한때 그의 밑에서 일하던 칸나가 훔쳐 달아난 점도 있었지만, 굳이 형상화시키지 않아도 그의 머릿속에 구조 자체가 고스란히 기억되어 있기 때문이었다.

그 기억의 힘으로 레이지는 유적 안에 들어온 죠르제 일행을 혼비백산하게 만들었다. 곳곳에 설치해 놓은 비밀 통로를 통해 그들의 눈을 피했고 함정 부근에서 멈춰서 있을 때 다른 곳에 있는 몬스터를 유인해 온다든지 또 다른 함정을 발동시키곤 도망쳤다. 그러면서 간간이 기습을 통해 인원수를 줄이니 쥬르제로선 미치고 환장할 노릇이었다.

"크윽……."

그렇게 재미만 보던 레이지는 왼쪽 어깨를 감싸쥐며 인상을 썼다. 세리타의 석궁에서 발사된 볼트가 레더 아머를 뚫고 어깨를 관통한 탓이었다.

'두 번이나 당하다니, 방심은 역시 하면 안 돼.'

앞서 왼쪽 허벅지에 맞긴 했지만, 그리 상처가 깊지 않아 응급처치로도 충분했다. 하지만 이번에는 볼트가 완전히 관통한지라 버티기 힘들었다.

'이 가면 덕분에 살았어. 고통에 일그러진 얼굴을 봤다면 분명 끝까지 달려들었을 거야.'

그는 고통을 참아내며 오른손으로 포션을 꺼내 마개를 열었다.

'보통 상처라면 이걸 쓰진 않겠지만…….'

오러가 투영된 볼트인지라 생각보다 타격이 컸다. 공격받은 직후 잠시 후퇴해 지혈 포션을 썼지만 다시 기습을 하고 오니 어깨는 물론 옆구리가 완전히 피범벅이 되었다.

'지금은 어쩔 수 없지.'

용병들에게 자금 마련용으로 팔던 지혈 포션과 달리, 효과를 극도로 올린 특제 지혈 포션이었다. 적은 양으로도 빠른 시간 내에 극심한 출혈을 멈추게 하는 탁월한 효능을 지녔지만 그와 동시에 극심한 고통을 동반한다는 단점을 지니고 있다.

기절해 버린 부상자에게나 쓰였기에 제이워드였을 때에도 써본 적이 없었다.

붉은색 점액이 상처 부위에 닿는 순간 레이지는 자신도 모르게 오른손으로 입을 틀어막았다. 크게 떠진 두 눈의 핏줄이 도드라졌고 볼을 타고 눈물이 흘러내렸다.

'이거 진짜… 독하군.'

그는 어금니를 꽉 깨물며 몸을 부들부들 떨었다. 죽음의 고통까지 경험한 적이 있었지만, 이건 그것을 한 차원 넘어서는 단계의 것이었다. 참다못해 바닥에 떨어진 돌조각을 오른손에 움켜쥐었지만, 자신도 모르게 발동된 오러에 의해 산산조각 나버렸다.

그렇게 5분 동안 극심한 고통 속에 시달리고 나니 어느새 어깨의 출혈이 멈췄다. 얼굴은 이마에서 흘러내린 땀으로 흥건했고 손바닥이 끈적거렸다.

'이런 걸 바르면서 눈썹 하나 까딱하지 않았던 프레드릭이 떠오르는군. 괴물 같은 녀석.'

게다가 프레드릭은 이걸 전투 중 잠시 숨 돌릴 때 머리에 물 뿌리듯 자연스럽게 상처 위에 붓곤 했다. 오러의 극에 달한 그랜드 마스터여서 가능한 것일까라고 추측했지만, 그 무뚝뚝한 베른도 이 특제 지혈 포션을 쓸 때만큼은 인상을 썼다는 사실을 기억해 내곤 혀를 내둘렀다.

이런 부상을 입힌 상대를 떠올리자 그의 입에서 절로 감탄사가 나왔다. 원거리 공격을 피하기 위해 각도까지 감안하여 싸우던 그에게 유일하게 상처를 입힌 공격이니 솔직히 놀라지 않을 수 없었다.

'세리타라고 했지? 그런 상황에서 홀로 침착함을 유지할 수 있다니 대단해. 그때나 지금이나 홀리 유저는 까다롭지 그지없군. 귀찮은 존재야.'

제이워드였던 시절의 그는 대규모 인원을 상대할 땐 광범위한 위력의 광역 마법을 주로 사용했다. 정확도는 떨어질지 모르나 강력한 위력 자체만으로도 효용 가치는 높았다. 직접 타격을 입히는 것을 넘어서서 상대방에게 공포와 혼란을 유도하기에 충분했다.

하지만 신의 가호라는 굳건한 믿음 아래 흔들리지 않는 교단 출신의 적들은 거의 영향을 받지 않았다. 당시의 교황이 제국 타도를 선포하자 그에 반하는 추기경들은 자신의 수하들을 이끌고 제국 쪽에 합류했다. 제이워드는 교단의 인물들과 같이 협력해 싸우기도 했지만, 그 이상으로 적으로 만나기도 했다.

'하지만 그녀 혼자만 냉정함을 유지하는 이상 나머지 인원을 하나씩 제거해 나가기만 하면 돼.'

특히 죠르제는 거의 광분하다시피 이성을 잃어 제실력의 반도 발휘하지 못했다. 그 상태에선 오러 랭크가 2단계가 낮은 지금이라도 조금 무리한다면 죽일 수야 있겠지만 맨 마지막까지 남겨두기로 했다.

'지금 생각하니 그따위 놈에게 등을 찔린 게 참으로 부끄러워. 가장 큰 적은 강력한 적이 아니라 방심이라는 스승님의 말은 진실이야.'

제이워드를 경호하기 위해 파견되었을 당시에도 지금보다 더하면 더했지 덜하진 않았다. 오히려 얕보지 않을 수 없었기에 당연히 방심했지만.

'이 정도로 들쑤셔 놨으니 좀 쉬자. 그래야 놈들도 다시 방심할 거야.'

한창 신경이 곤두서 있는 상태일 테니 기습이 전처럼 용이하지 않을 게 분명하다. 그럴 땐 일부러 가만히 놔두는 게 좋다. 긴장은 유지하면 유지할수록 피곤해지게 마련이니.

'그전에 미리 해놓을 건 해야겠지.'

레이지는 마나량을 일시적으로 올려주는 장갑을 꺼내 양손에 꼈다.

"자, 오랫동안 기다렸지?"

그가 뒤를 돌아보자 볼케스의 부하 중 한 명이 포박되어 꼼짝도 못하고 있었다. 입에 재갈까지 물린 상황이라 어찌할 도리가 없었다.

"마나 좀 빼갈 테니 협조 좀 해줘."

"읍읍!"

"이래 봬도 너의 대선배격이니 영광으로 생각하라고. 알겠
어?"

그는 양손을 깍지껴서 손을 푼 뒤에 옆에 놔두었던 검은색
철가면을 꺼내 얼굴에 썼다.

Chapter 15
그만의 것

1

죠르제 일행이 유적 안에 들어온 지 어느덧 반나절이 흘렀
다.

다행히도 그들을 끈질기게 괴롭혔던 정체불명의 습격자는
3시간이 넘도록 나타나지 않았다. 하지만 몇 번이나 호되게
당했던 일행의 전진 속도는 전보다 훨씬 느려졌다.

세리타는 자신의 부족한 탐사 능력을 꼼꼼함으로 보충했
다. 결과적으로 함정에 걸리는 경우는 더 이상 없었지만, 몬
스터들의 습격으로 두 명이 추가적으로 사망했다.

이제 남은 인원은 총 아홉 명.

당연히 일행 모두의 신경은 곤두선 상태였고 특히 죠르제

는 그 정도가 더했다.

"좀 더 빨리 안 됩니까?"

존댓말을 썼을 뿐이지 그의 어조는 날이 곤두서 있었다. 세리타는 굳이 대꾸할 필요성이 없다고 판단하고 묵묵히 함정 해체 작업에 열중했다.

"내 말이 말 같이 안 들립니까? 도대체 언제까지 그 함정 하나 붙잡고 있을 겁니까!"

그의 외침에도 세리타의 손동작은 느리면서도 섬세했다.

"이제 끝났습니다. 모두 안심하십시오."

세리타는 표정 변화 없이 함정을 작동시키는 가는 와이어를 모두 끊어내고서 자리에서 일어났다. 벽 양쪽에 일정 간격으로 설치되어 있는 개 모양의 입에서 불이 뿜어져 나오는 함정이었다. 모르딕에게 들었던 이야기가 크게 도움이 되었다.

"이제 겨우 끝난 겁니까?"

"……."

세리타는 베르시아의 이름을 마음속으로 몇 번이나 부르짖으며 인내심을 발휘했다. 그리고 손등으로 이마의 땀을 훔치고선 해체 도구를 허리 주머니에 챙기며 몸을 일으켰다.

여전히 대꾸도 안 하는 그녀의 태도에 죠르제는 화가 머리 끝까지 치밀었다. 그는 세리타의 어깨를 꽉 움켜쥐며 멈춰 세웠다.

"제 말 따윈 아예 대답 안 해도 된다고 생각하십……."

"손 떼십시오."

세리타는 뒤돌아선 체 차갑게 대답했다.

"두 번 같은 말 반복하기 싫습니다. 더 이상 제 몸에 손가락 하나 대지 마십시오."

"하아?"

죠르제는 어이없어하며 오히려 손에 힘을 더 주었다.

그러자 세리타는 그의 손을 거세게 툭 쳐냈다.

"지금 나와 한 번 해보자는 거야?"

죠르제가 검집에서 검을 뽑아 들자 브하들의 안색이 새파랗게 질렸다. 세리타는 한숨을 내쉬면서 허리에 차고 있는 단검에 오른손을 가져갔다.

홀로 냉정함을 유지하는 것에도 한계가 있었다. 다른 사람들은 조용히 그녀를 따라왔지만 유독 죠르제만은 계속 불평불만을 터뜨리며 그녀의 신경을 갉아먹고 있었다.

"죠르제 경, 심정은 이해되지만 조금단 참아주십시오."

"넌 또 뭐야?"

보다 못한 볼케스가 둘 사이에 끼어들었지만 되려 멱살을 잡히곤 벽에 처박혀야 했다.

"내가 누구인지 몰라? 그랜드 마스터 나르디안님의 직속 부하 죠르제라고!"

"아, 압니다!"

"알면서 네 까짓 게 뭔데 감히 끼어들어? 죽고 싶어?"

죠르제의 언성이 높아지자 그의 부하들이 허겁지겁 달려들었다. 죠르제의 양팔과 두 다리를 붙들고 매달린 몰골이 가관이었다.

세리타는 아예 죠르제를 인식조차 하지 않고 앞서 갔다. 지금 상황에서 기습이 들어온다면 그녀말고 죄다 전멸할 상황이었지만 어찌할 도리가 없었다.

세리타가 일행으로부터 멀어지자 죠르제를 말리던 부하들은 결국 포기하고 그녀를 뒤따라갔다. 볼케스의 부하들 역시 체념하고 뒤따라가자 죠르제와 볼케스만이 홀로 남게 되었다.

"여길 나간 뒤에 두고 보겠어."

죠르제는 볼케스를 벽에 거세게 몰아붙인 뒤 멱살을 풀어주었다. 손을 털면서 바닥에 침을 뱉은 뒤 아무 일도 없었다는 듯 걸어가는 죠르제의 뒤를 볼케스가 죽일 것 같은 눈초리로 노려보았다.

'젠장, 칸나 그년도 그렇고 이놈도 그렇고…… 더러워서 못해먹겠네.'

죠르제는 오러 랭크 4, 볼케스는 마나 서클 4.

서로 분야가 다르긴 해도 같은 등급인 만큼 동등하게 취급받아야 하지만 실상은 다소 달랐다. 각자의 상관이자 스승인 나르디안과 칸나의 입지 차이 때문이었다.

'그 망할 스승보다 내가 훨씬 낫다는 걸 증명하겠어. 반

드시!'

그는 속으로 다짐하며 못다 보여준 실력을 과시할 무대가
오기만을 기다렸다.

2

심상치 않은 분위기가 유지되는 가운데, 유적 탐사단 일행
은 좁은 통로가 아닌 거대한 방 안에 들어왔다.

가로 세로 모두 50미터 정도 되는 공간. 고개를 쳐들어 위
를 바라보니 천장의 높이는 3미터 정도 되었다.

네모난 방 모서리에는 괴기한 형상의 석상이 하나씩 자리
잡고 있었다. 베르시아 교단의 성서에 묘사된 악마의 모습과
흡사하다는 걸 알자 세리타의 얼굴이 살짝 찡그려졌다.

"볼케스님, 잘 부탁드립니다."

세리타의 부탁에 볼케스는 처음으로 미소를 지었다.

'이제야 내가 필요로 하는 곳으로 왔구나!'

죠르제의 거듭된 구박과 학대에 질려 있던 차에 자신의 존
재 의미를 증명할 수 있었기 때문이다.

"볼케스님만 믿겠습니다."

"맡겨만 주시지요."

볼케스는 세리타가 있는 제단 쪽으로 걸어갔다. 물론 여기
에도 함정이 있을 가능성이 농후한지라 그녀가 안전하다고

표시한 부분만 엉거주춤한 걸음으로 건너왔다.

칸나가 건네준 지도에 따르면 방 한가운데에 자리 잡은 제단을 통해 아래층으로 내려가야 한다.

물론 그냥 내려갈 수는 없다. 제단에 적혀 있는 룬 문자를 읽어야 한다.

"그러면 시작하겠습니다."

아직 서클 4인 볼케스 입장에서 룬 문자로 마법을 시전하는 건 서툴렀지만 단순한 독해 정도는 가능했다. 그는 돋보기를 꺼내 제단 위에 세워진 비석에 적힌, 뭉개진 룬 문자를 하나씩 읽어 내려갔다.

"후스, 바스, 라… 라스카(닫혀라, 불타올라라, 나… 나타나라)?"

하지만 막상 룬 문자가 영 엉뚱한 의미의 단어로 구성되자 볼케스의 얼굴에 당황한 기색이 역력했다.

'아냐, 대마법사 제이워드는 애초에 엉뚱하기로 소문났었지. 일부러 이렇게 기묘한 문장으로 해체식을 구성했을 거야.'

볼케스는 제이워드의 명성이 아닌 악명을 믿고서 룬 문자를 계속 읽어 내려갔다. 문장 구성이 더욱 엉망이 되었지만 신경 쓰지 않았다.

우드드득……

볼케스가 발음한 룬 문자에 네 개의 석상이 동시에 반응하기 시작했다. 석상의 표현에 자잘한 금이 하나둘씩 생기더니 서로 이어져서 더 많은 금으로 갈라졌다.

"긴장하십시오."

세리타의 말에 죠르제와 그의 부하들은 잔뜩 긴장하고서 검을 움켜쥐었다. 볼케스의 부하들 역시 만약의 사태를 대비해 미리 주문을 외우기 시작했다.

막상 볼케스 본인은 룬 문자에 집중하느라 주변 분위기를 파악하지 못했다.

캬아아악!

석상이 산산조각 나며 바닥에 우수수 떨어졌다.

석상이 있었던 자리 네 곳에서 고막을 찢을 듯한 괴음이 동시에 터져 나왔다.

"저, 저건 뭐지?"

"설마, 가고일?"

3

가고일.

악마의 형상을 한, 날개가 달린 몬스터로 검은색의 피부를 지니고 있다. 강력한 마법 저항력을 지닌 피부 때문에 낮은 서클의 마법은 통하지 않고, 거대한 날개로 날아오를 수 있다는 장점 때문에 상대하기 버거운 몬스터다.

"볼케스님! 가고일입니다! 저 석상이 가고일로 변했습니다!"

"네?"

계속 룬 문자만 바라보던 볼케스는 세리타의 외침에도 불구하고 멍하니 서 있기만 했다. 그러자 두 마리의 가고일이 동시에 그를 향해 날아오면서 날카로운 손톱이 달린 손을 크게 휘둘렀다.

"하아앗!"

오러에 휘감긴 세리타의 단검이 가고일의 길게 자라난 손톱을 막아냈다. 단검에서 뿜어져 나오는 오러가 강렬하게 빛을 발하자 가고일의 입에서 날카로운 비명 소리가 울려 퍼지더니 손톱이 박살 나 아래로 떨어졌다.

그 사이 다른 한 마리가 그녀의 등 뒤를 노리고 파고들었다. 볼케스의 부하들은 화염구를 완성해 가고일에게 발사했지만, 날개를 펄럭이며 뒤로 멀찌감치 물러난 가고일은 입을 크게 벌리며 입 앞에 불구덩이를 모으기 시작했다.

세리타는 그녀 특유의 날렵한 동작으로 가고일의 날카로운 손톱을 연달아 요리조리 피하면서 뒤로 덤블링했다. 가고일과의 거리가 벌어지자 그녀는 단검을 떨어뜨리고 등에 걸쳐 메고 있던 석궁을 움켜쥐며 조준 자세를 취했다.

피융!

바람을 가르는 소리와 함께 오러가 실린 볼트가 날아가면서 직선 모양의 빛이 그어졌다. 볼트가 왼쪽 날개 한복판을 꿰뚫자 가고일의 동작이 일순간 멈추었다. 다시 볼트를 장전하고 발사했지만 가고일은 그보다 앞서 날갯짓을 하면서 솟아올랐다.

"서, 설마 여기에도 함정이 있는 건 아니겠지?"

"어떻게 하지?"

"어이! 밀치지 말라고!"

한편, 오러 유저들은 제자리에 멈춰 서서 방어에 치중했다. 이곳까지 오는 동안 무수한 함정을 경험했던 터라 잘못 발을 디디면 어떻게 될지 두려웠다.

"젠장! 성가셔!"

오직 조르제 혼자만이 함정 따위 밟아도 상관없다는 마음가짐으로 나섰다.

그는 검을 휘두르며 허공에 떠서 날아오는 가고일 두 마리를 상대했다. 그중 한 마리의 오른팔을 베어내자 잘린 부분이 돌조각으로 변해 바닥에 우수수 떨어졌다.

"위험합니다! 이쪽으로 오십시오!"

"닥쳐! 그깟 함정 따위 뭘 두려워 해?"

지금 자리에서 섣불리 움직일 수 없었던 그의 부하들은 어찌할 줄 모르고 검을 들고 서 있기만 했다.

"그래, 두려워하면 안 되지. 명색이 랭크 4의 소드 엑스퍼트 아닌가?"

"!"

바로 이런 상황이 오길 바라던 이는 단 한 명.

입구에 홀로 당당히 모습을 드러낸 레이지였다.

"너, 너는!"

죠르제는 가면으로 얼굴을 가린 레이지를 보고 달려들려고 했지만 부하들이 양팔을 붙들고 허겁지겁 말렸다.

"오고 싶으면 와봐."

"이, 이익……! 이거 놔!"

"부하들이 현명한 거야. 네놈이 멍청한 거고."

레이지는 오른손을 까닥거리며 도발했다. 죠르제는 더욱 악이 받쳤지만 부하들을 떨쳐내기 힘들었다.

가면 안쪽에 가려진 레이지의 얼굴이 씨익 미소를 지었다. 그는 양손을 살짝 들어 올리더니 오른손에는 불길을, 왼손에는 거대한 얼음 결정을 구현했다.

"마, 마법?"

볼케스의 두 눈이 크게 떠졌다. 분명히 오러 유저라고 생각했던 괴한이 서클 4의 마법을 시전했다.

"설마 듀얼 클래스?"

볼케스만이 아니었다. 다른 마법사들 역시 가고일이 나타났다는 두려움을 잊고 검은 가면을 쓴 레이지를 멍하니 바라봤다.

"마, 말도 안 돼!"

"게다가 루, 룬 문자로 주문을 읊었어! 전에는 분명히 오러를 썼는데!"

가장 양립하기 어렵다는 오러와 마법.

그걸 레이지가 자유자재로 구사하자 보는 이들의 표정은 경악으로 가득 찼다.

'그렇게 대단한가?'

이때만큼은 자신의 미소를 가린 때문에 보여주지 못하는 걸 아쉽게 생각하는 레이지였다.

'하지만 이제 시작일 뿐이라고'

레이지의 양손이 번갈아 가며 휘둘러지자, 지면을 타고 강력한 불길과 얼음 장벽이 포물선을 그리며 죠르제 뒤에 있는 오러 유저들을 향해 전진했다.

오러 유저들은 자신의 몸을 오러로 감싸 보호했고, 마법사들은 마나의 장벽을 시전해 레이지의 마법 두 개를 막아냈지만, 그 이후 가고일의 날카로운 손톱이 휘둘러지며 핏방울이 솟구쳤다.

"으아악!"

"아악! 사, 살려줘!"

세 명이 동시에 피를 흘리며 바닥에 쓰러졌다. 레이지는 제자리를 고수한 채 또 다시 마법을 시전했다. 이번에는 강력한 바람이 날카로운 칼날처럼 그의 양손에서 뿜어져 나왔다. 칼에 베인 것처럼 예리한 상처가 죠르제의 뒤에 있던 이들의 몸

이곳저곳에서 생겼고 핏줄기가 주변으로 뿜어져 나왔다. 레이지는 일부러 가고일들을 피해 죠르제 일행들만 철저히 노렸고, 가고일들은 입구에 서 있는 그를 무시하고 안에 들어와 있는 이들부터 공격했다.

"세, 세리타님!"

"도와주십시오! 저희들로 역부족입니다!"

레이지의 난입에도 불구하고 제단 근처에 있는 세리타는 일행이 당하는 걸 보고만 있어야 했다. 한 마리의 가고일은 간신히 처리했지만 남은 한 마리를 처리하느라 구슬땀을 흘리기 바빴다. 항상 공중에 떠서 움직이는 가고일의 특징상, 어디에 함정이 있는지 파악하기 힘들어 움직일 수 있는 공간이 좁은 탓도 컸다.

"더 이상은 못 참겠어!"

자신을 말리던 부하들이 죄다 부상을 입자 죠르제는 검을 머리 위로 치켜들고 레이지를 향해 달려들었다. 함정 따위 있든지 없든지 무시하고 달려드는 그를 레이지는 허리를 숙이며 여유롭게 피한 뒤 오른쪽으로 달렸다.

레이지는 검을 뽑아 들고 맞섰다. 하지만 마법과 달리 오러에선 죠르제에게 밀릴 수밖에 없었다.

"어때? 어떠냐, 내 실력이!"

검을 서로 부딪치는 것만으로도 레이지의 검에 금이 가고 있었다. 처음으로 우위를 잡았다고 생각한 죠르제의 얼굴에 사악한 미소가 자리 잡았다.

'역시 오르로썬 아직 한계가 보여.'

레이지는 죠르제의 검을 옆으로 흘리면서 피했다. 그리고 왼쪽으로 빠르게 달려갔다. 그를 뒤쫓으려던 죠르제의 걸음이 순간 멈춰졌다.

"크윽!"

죠르제는 등에 충격을 느끼며 뒤를 돌아보았다.

"젠장! 방해하지 마!"

가고일의 손톱이 연달아 휘둘러지며 죠르제의 옆구리를 파고들었다. 그의 검이 오르로 강렬하게 빛을 발하면서 커다란 궤적을 그렸다.

캬아아악!

가고일은 날카로운 비명을 지르며 돌조각으로 변해 버렸다. 그 사이 레이지는 구석으로 도망가 다법을 시전하고 있었다.

'막아야 해!'

가고일을 상대하던 세리타는 레이지의 머리 위에서 거대한 마법진이 내려오는 걸 보고 석궁의 방향을 급하게 바꾸었다. 하지만 죠르제가 그에게 달려들면서 앞을 가로막았고, 그녀는 인상을 쓰면서 석궁을 거두었다.

"이제 끝이다!"

"과연 그럴까?"

오러로 빛나는 죠르제의 검이 휘둘러지기 직전, 레이지는 오른손을 옆으로 내밀더니 손가락으로 '딱' 하는 소리를 냈다.

"우웃!"

지면의 흔들림 때문에 죠르제는 균형을 잃고 한쪽 무릎을 꿇었다.

"또… 마법?"

"여길 무너뜨릴 생각이냐!"

"사, 살려줘!"

천장에서 돌 부스러기가 우수수 떨어지자 세리타와 죠르제, 그리고 볼케스의 안색이 변했다. 부상 입은 자들은 피할 엄두도 내지 못하고 벌벌 떨기만 했다.

"마, 말도 안 돼……."

혼돈의 와중에서도 볼케스는 레이지의 몸을 둘러싸는 마법진이 형성된 걸 보고 두 눈을 비볐다.

자신이 머물고 있는 메이지 등급을 넘어서는, 위저드 등급 이상이 쓸 수 있는 서클 5의 마법.

"저, 저놈 설마 위저드 급의 매직 유저였던가!"

검은 가면을 쓴 정체불명의 남자가 이렇게 강력한 마법사일 줄은 상상도 못했기 때문이다.

레이지가 오른손을 크게 휘두르자 지면에서 거대한 돌덩어리가 솟아오르더니 천장까지 닿았다. 원을 그리면서 하나씩 솟아오른 암석은 어느새 가고일을 포함한 나머지 일원들을 포위했다.

"그동안 즐거웠지?"

특수 약물로 변조된 레이지의 거친 음성이 그들에게 사악하게 들렸다.

볼케스는 마나의 장벽을 자신만 감싸도록 축소하면서 두껍게 형성했고 죠르제와 세리타는 오러로 몸을 감쌌다.

"한 번 제대로 버텨보라고."

그의 말이 끝나기 무섭게 끝이 뾰족한 바위들이 지면을 뚫고 솟아나왔다.

4

"으아아아악!"

비명 소리와 함께 그들을 둘러싸고 있는 바위벽 안쪽에 핏자국이 흩뿌려졌다. 포위된 자들 대부분이 창처럼 가늘게 형성된 암석에 온몸을 찔려 급사했다.

"이건, 도대체……."

죠르제는 아래로 축 늘어진 왼쪽 어깨를 감싸쥐며 두려움에 떨었다. 부상을 입었지만 숨은 붙어 있었던 부하들이 암석에 찔려 허공에 매달린 채 축 처진 시체가 되어 있었다. 그 역시 옆구리와 어깨에 극심한 부상을 입었지만 오러를 유지하며 간신히 버티고 있었다.

"으, 으으."

볼케스는 두 손으로 머리를 감싸고서 땅바닥에 엎드려 있었다. 마나의 장벽으로 위기를 모면했지만 부들부들 떠는 모습이 가관이었다. 그런 그의 머리 위로 박살 난 가고일의 돌조각이 후두둑 떨어지자 기겁을 하며 몸을 움츠렸다.

"모두 무사하십니까?"

세리타의 말에 대답하는 이는 아무도 없었다.

죽은 이들은 당연히 말이 없었고 죠르제와 볼케스는 강력한 마법 때문에 공포에 휩싸여 있었다. 그녀는 몸을 감싼 오러 덕분에 큰 부상을 입지 않았지만, 허리 부분의 찢겨 나간 갑옷 사이로 피가 흘러내리고 있었다. 물론 성당기사단 고유의 능력인 재생이 발휘되면서 하얀 연기가 피어오르더니 **빠**른 속도로 아물기 시작했다.

'다섯 명 살아 있나? 아니, 네 명……. 그 사이 한 명 또 줄었군.'

레이지는 암석으로 형성된 포위망 안에서 생명의 기운이 하나둘씩 사라지는 걸 세고 있었다. 남은 수가 세 개까지 줄어들자 다시 한 번 손가락을 튕겨 소리를 냈다.

그들을 둘러싼 암석의 장벽이 하나씩 땅속으로 도로 가라앉으면서 사라졌다. 암석들이 자취를 감추자 바닥에 큰 금이 자리 잡았고 그 금 사이로 시체에서 흘러나온 피가 배어들었다.

"호오, 역시 넌 멀쩡하네?"

목숨만 유지하고 있을 뿐 부상 때문에 꼼짝도 못하는 죠르제.

자신이 도달하지 못하는 영역의 마법을 보고 겁에 질려 버린 볼케스.

성당기사단 소속의 세리타만이 정신을 잃지 않고 레이지를 향해 석궁을 겨누고 있었다.

피융!

세 발의 볼트가 공기를 가르며 발사되었다. 하지만 레이지의 모습이 사라지면서 벽에 박힐 뿐이었다.

"여기라고, 여기."

목표를 잃고 좌우를 살펴보는 세리타의 뒤에서 거친 음성이 들렸다. 순간 이동 마법인 블링크(Blink)로 제단 뒤에 나타난 레이지는 손바닥을 대고서 슬쩍 비석을 왼쪽으로 이동시켰다.

끼이이익…….

그러자 돌과 돌이 서로 부딪치는 마찰음이 이어지면서 제단 너머 전에 없었던 통로가 모습을 드러냈다.

레이지는 허리 주머니에서 초록색 액체가 담긴 유리병을 꺼내 들이켰다. 그리고 빈 병을 정면을 향해 내던졌다.

쨍그랑!

맞은편에서 날아오던 볼트에 맞아 산산조각 난 유리 파편이 허공으로 흩어졌다. 그 파편 사이로 세리타가 이를 악물고 달려들었다.

아니, 달려들려고 했다.

"어, 어떻게 된 거지?"

왠지 모르게 몸이 굳은 듯 움직이지 않았다. 이제까지 한 번도 경험한 적이 없는 강렬한 졸음에 몸의 힘이 빠지고 있었다.

"이, 이건?"

통로에서 흘러나온 하얀 연기가 어느새 무릎 높이에 올라올 정도로 자욱하게 깔렸다.

그녀는 본능적으로 뭔가 알아채고선 레이지와의 거리를 벌린 뒤 수건을 꺼내 입을 가렸다.

죠르제와 볼케스는 이미 바닥에 쓰러져 꿈나라로 가버린 지 오래였다.

"자, 잠들면 안 되는데……."

세리타는 끝까지 버티기 위해 정신을 곤두세웠지만 그녀의 의지와 상관없이 천천히 두 무릎이 굽혀지더니 점점 몸이 앞으로 숙여졌다. 결국 힘을 잃은 손에서 단검이 미끄러지듯 흘러내려 바닥에 툭 떨어졌다.

5

일찌감치 입구 밖으로 물러난 레이저는 연기가 사라지기를 여유롭게 기다렸다.

'내가 만든 거지만 진짜 효과 하나는 확실해.'

소드 마스터나 위저드가 온다 해도 순식간에 잠들어 버리게 만드는 수면 마법이 섞인 연기는 그가 직접 설치한 함정 중 하나였다.

'그나저나 생각 외로 놈들의 실력이 너무 저질이었어. 명색이 대마법사의 비밀 연구소를 탐사하려는 놈들을 이따위로 보내다니, 내 명성도 바닥에 떨어졌군.'

물론 세리타만큼은 듀얼 클래스라는 특성 때문인지 레이지를 귀찮게 만들었다. 그래 봤자 수면의 유혹을 버틸 수 없었지만.

그가 생각에 잠긴 사이 바닥에 자욱하게 깔렸던 연기가 모습을 감추었다.

그는 죠르제 일행을 향해 걸어가 일일이 상태를 확인했다. 쓰러져 있는 죠르제의 갑옷이 온통 피투성이인 걸 보자 '특제' 지혈 포션이 아닌 보통의 지혈 포션을 꺼내 머리부터 발끝까지 부어주었다.

'널 그냥 이런 식으로 죽게 놔둘 생각은 없거든.'

다음에는 세리타를 살펴봤지만, 알아서 부상이 치유되는 몸인지라 손 볼 필요도 없었다.

'아까 그놈에게 흡수한 마나가 벌써 다 고갈되어 버렸지.

이번엔 이놈이 좋겠어.'

레이지는 몸을 숙이고서 볼케스의 어깨에 손을 댄 뒤 마나드레인을 시전했다. 잠들어 있는 그의 몸이 한 번 크게 꿈틀거리더니 이내 축 처졌다. 그렇게 한 10여 분 동안 마나를 빨아들인 레이지는 다소 불만스러운 표정으로 일어섰다.

"약간 부족하긴 해도, 어떻게든 되길 바라야겠지."

레이지는 연기가 흘러나왔던 통로를 향해 걸어갔다.

30미터 정도 안으로 들어가자 어둠 속에서 빛나고 있는 마나의 장벽이 그를 가로막았다. 예전 제이워드였을 때의 자신이 설치했던 마지막 방어책이었다.

'지하로 통하는 입구는 사실 함정이지. 그대로 들어갔다면 녀석들, 죄다 전멸당했을 거야.'

절대로 그들이 불쌍해서 살려둔 게 아니었다. 레이지 입장에서 최소 한두 명 정도 살아 있는 놈들이 필요했다.

'그러면 어디 한 번 해볼까? 이 정도 마나량이라면 좀 간당간당하긴 한데…….'

그는 양손을 정면으로 내밀었다, 문 대신 그의 앞을 가로막고 있는 마나의 장벽에 살짝 닿을 정도로.

"델 케스 데 룬 케(날 가로막고 있는 마나의 장벽이여)……."

그의 입이 천천히 룬 문자를 읊자, 빛의 장벽이 조금씩 일그러지면서 투명해졌다가 다시 빛을 발했다. 레이지는 현기증을 느끼면서도 계속 룬 문자로 주문을 읊었다.

"…델 빈 넬 벨(내가 바로 진정한 주인이다)!"

자칫 잘못하면 의미가 정반대로 바뀌는 룬 문자 'Nel'을 레이지는 강하게 부르짖었다.

그러자 그가 내민 양손을 중심으로 원형의 커다란 구멍이 마나의 장벽 한가운데에 생성되었다. 그리고 그 구멍이 점점 커지더니 장벽을 완전히 소멸시켰다.

"휴우."

기운이 빠진 레이지는 제자리에 털썩 주저앉았다.

남의 마나를 빼앗아 쓰기까지 했음에도 자신이 설치했던 마나 장벽을 뚫느라 체내의 거의 모든 마나가 고갈된 탓이다.

'그나마 내가 장벽을 해제하는 주문을 알고 있었기 망정이지, 모르는 상태였다면 최소 서클 6의 마나량이 필요했을 거야.'

레이지는 두 팔과 양다리를 쭉 뻗고선 두 눈을 감았다. 온통 땀범벅이 된 몸이 차가운 대리석에 닿자 시원한 느낌에 기분이 너무 좋았다.

하지만 편하게 쉬고 있을 상황이 아니었다. 그는 벌떡 일어나 비밀 연구소 안으로 들어갔다.

Chapter 16
그 잘난 얼굴이 일그러지는 걸 보고 싶었지

제이워드 시절, 만약을 대비해 만들어놨던 비밀 연구소.

특별히 강력한 무기나 장비를 보관해 놓기 위해서 만든 곳은 아니었다. 어디까지나 비밀 연구소의 목적은 자신의 마나를 모아놓아 만약의 경우를 대비하기 위함이었다.

굳이 '연구소'라는 명칭을 붙인 것은 정보가 새어 나갈 경우 적들의 판단을 여러 갈래로 흩어놓기 위해서다.

레이지는 방 한가운데에 자리 잡은 마나 스톤에 다가갔다. 정육면체 모양의 단면을 지닌 이 길쭉한 구조물은 안에 충전된 마나로 인해 빛을 발하고 있었다.

'새로운 육체로 이곳에 오게 될 줄은 골랐지.'

일단 서클 7에 도달하게 되면 마나량은 더 이상 늘어나지 않는다. 그렇기에 마나를 담아둘 수 있는 재질의 광석, 마나 스톤(Mana Stone)을 이용해 담아둔 것이다.

레이지는 숨을 한 번 길게 내쉰 뒤 마나 저장소 표면에 양손을 가져갔다. 그러자 표면을 감싸던 마나의 빛이 그의 팔을 휘감더니 이내 전신을 둘러쌌다.

"휴우……."

몸 안에 파고드는 마나에 레이지는 두 눈을 감고 마음을 안정시켰다. 마른 천 위에 떨어진 물방울이 퍼지는 것처럼 레이지의 육체가 마나를 받아들이고 있었다.

눈을 뜨자 레이지는 마나의 빛에 휘감긴 자신의 몸을 바라보며 살짝 미소를 지었다. 마나 스톤에서 손을 떼자 표면에서 빛나고 있던 빛이 서서히 사그라들더니 완전히 사라졌다.

대신 레이지의 몸으로 옮겨가 방 안을 밝게 비추고 있었다.

그는 양팔을 천천히 아래로 내린 뒤 양손을 동시에 움켜쥐었다. 그러자 강렬한 바람이 아주 짧은 순간 그의 주변으로 퍼져 나갔다.

굳이 확인할 필요도 없었다. 지식 자체는 서클 7의 아크메이지 급인 레이지는 자신의 서클이 3으로 올라갔음을 확인했다. 그래도 직접 확인해 보기로 마음먹었다.

그는 반쯤 타버린 장갑을 벗어던지고서 순수하게 체내에 남아 있는 마나만으로 주문을 시전했다. 그러자 손바닥에서 뿜어져 나온 불길이 1미터 가량 솟구쳤다.

"확실하게 서클 3에 도달했군. 좋아."

매직 유저로서 최초로 부여받은 호칭. 메이지(Mage) 등급에 도달함에 살며시 미소가 지어졌다. 하지만 이내 표정이 굳어졌다.

"아냐, 고작 서클 3일 뿐이지."

레이지의 얼굴에는 착잡함이 자리 잡았다.

이전에는 가지지 못했던 오러를 깨닫고 랭크가 올라갔을 때와는 정반대였다.

"앞으로 4단계나 더 올려야 하다니, 앞이 깜깜해."

그에게 있어서 마나 서클은 당연히 찾아야 하는 힘에 불과했기에, 막상 이렇게 찾게 되자 그다지 기쁜 표정을 지을 수 없었다.

레이지는 연구소 안쪽으로 시선을 돌렸다. 들어오는 입구 부근을 제외하고 벽에 자리 잡고 있는 책장에는 조금의 틈도 허락하지 않고 수백여 권의 책들이 빽빽이 들어차 있었다.

그는 좌측 벽으로 걸어가 꽂혀 있는 책들의 제목만을 빠르게 훑어보았다.

"역시 다 알고 있는 것들뿐이로군."

그는 혹시라도 마법 주문을 망각할 경우까지 상정해 이제까지 자신이 고안한 주문들을 책으로 기록해 일곱 곳의 비밀 연구소에 나누어 보관했다. 하지만 서클 '0'의 마법으로 다시 생명을 얻은 레이지는 제이워드였을 때 사용했던 주문들을 대부분 기억하고 있다.

"뭐, 가장 돌파하기 쉬운 곳이기도 하니 중요한 것들은 다른 곳에 있을 테지."

방 왼쪽 구석에 자리 잡은 탁자 위에는 큼지막한 상자가 자리 잡고 있었다. 레이지는 자물쇠를 매만지더니 암호로 설정해 놓은 룬 문자를 읊었다.

'툭' 하는 소리와 함께 자물쇠가 풀렸다. 상자를 열자 마나로 인한 빛이 새어 나왔다.

"흐음, 이런 것들이 있었나?"

레이지는 상자 안의 물건들을 하나씩 확인해 보며 고개를 갸웃거렸다. 기억력이 보통 사람보다 훨씬 뛰어난 레이지라 해도 이러한 세세한 것 하나까지 금방 기억하기엔 무리였다.

그는 상자 안의 물건들을 꺼내 탁자 위에 하나씩 나열했다.

대부분 마나를 담을 수 있는 마나 스톤을 세공해서 만든 장신구들이었다. 작은 마름모꼴로 다듬어 만든 한 쌍의 귀걸이, 일정량의 마나를 증폭시켜 주는 반지, 목에 거는 펜던트 등 종류가 다양했다.

레이지는 그들 중 몇 개를 골라 종이 위에 올려놓고 포장했다. 보통 종이와 다를 바 없어 보이지만 마나의 흔적을 지워 주는 처리가 된 재질이라 포장 후 허리 주머니에 넣으니 안의 물건을 탐지할 수 없었다.

그 밖의 보석들 역시 챙긴 레이지는 비밀 연구소 밖으로 나왔다.

"그러면 남은 일도 마저 처리해야겠지?"

시체들 사이에서 잠들어 있는 세 명의 남녀를 바라보는 레이지의 눈빛이 날카롭게 변했다.

2

가로 세로 10미터 안팎의 정사각형 모양으로 된 방.

벽에 비스듬히 세워져 있는 철제 관을 제외하고는 두 남자만이 있을 뿐이었다.

특이하게도 벽이 미세한 빛을 발하고 있었다. 레이지는 벽에 손을 대고 마나의 흐름을 제어해 봤지간 용이치 않았다.

"이젠 확실히 알겠어. 좋아."

그는 만족한 표정을 지으며 뒤돌아섰다.

팔과 다리가 묶여 의자에 앉아 있는 죠르제를 바라보는 눈빛이 날카로웠다. 레이지는 오른손을 쫙 편 뒤에 냅다 죠르제의 뺨을 갈겼다.

"잠은 잘 잤냐?"

"누, 누구냐!"

잠에서 깨어난 죠르제는 화들짝 놀라며 레이지를 바라보았다. 순간 검은 철가면이 시야에 들어오자 자리에서 일어서

려고 했지만 두 팔과 다리를 묶고 있는 밧줄이 의자까지 동여매고 있어서 바둥거릴 뿐이었다.

"정체를 밝혀라!"

"응, 밝힐게."

레이지는 조금의 망설임도 없이 쓰고 있던 가면을 벗어 옆으로 휙 내던졌다.

"이제 속시원해?"

"소, 소년?"

"소년이긴. 이제 열여덟 살이 되었으니 소년이라고 불릴 나이는 좀 지났지."

오러와 마법 두 가지를 동시에 쓰는 걸 본 이상, 최소한 30대이거나 40대일 거라고 죠르제는 생각했다.

하지만 상대가 자신보다 열 살도 더 아래라는 걸 알고 경악했다. 게다가 가면을 쓰고 있을 땐 몰랐지만 지금 레이지의 미소가 너무나 맘에 안 들었다.

"도대체 뭐하는 짓인가! 당장 이 밧줄을 풀어라!"

"명색이 오러 유저라면 이 정도는 그냥 혼자서 풀 수 있잖아?"

레이지의 말에 뒤늦게 깨달은 죠르제는 밧줄로 단단히 묶인 두 팔에 오러를 구현하려고 했지만, 마나의 흐름 자체가 이어지지 못하고 도중에 끊겨 버렸다. 다시 한 번 시도해 봤지만 결과는 마찬가지였다.

"이, 이익……! 왜 오러가 피어오르지 않지?"

당황하는 죠르제를 바라보며 레이지는 벽에 손을 가져갔다.

"드루기아 대왕은 참으로 고약한 인간이었던 것 같아."

레이지는 주먹으로 벽을 톡톡 건드리며 말을 이어갔다.

"이 방 말이지, 특별한 방법으로 조작하면 방 안에 들어온 자들의 능력을 억누르더군. 지금은 오러가 억제되는 상태야."

몬스터나 함정의 수준은 예전 제이워드였을 땐 홀로 돌파하는 데 조금도 방해되지 않았다. 단, 이렇게 능력 자체를 억제하는 방에 들어왔을 땐 조금 당황했다. 물론 서클 7의 능력을 완전히 억누르기엔 부족했던 터라 콧방귀밖에 나오지 않았지만.

"고로 이까짓 밧줄 정도야 당연히 못 풀게 마련이지."

랭크 5 이하의 오러 유저는 아무것도 하지 못하는 억제력이 방 안에 발동되고 있었다. 오러 유저나 매직 유저들을 가두어 놓는 특수 감방에 쓰는 안티 마나(Anti—mana) 스톤이 이 방의 벽 자체를 이루고 있었다.

죠르제는 오러 구현을 포기하고 완력으로 밧줄을 풀려고 애를 썼지만 아무런 소용이 없었다. 완력 그 자체만으로 두껍고 질긴 밧줄을 풀려면 오러와 다른 계열의 힘인 포스 유저(Force User)에게나 가능하다.

죠르제는 이를 악물더니 레이지를 바라보았다. 얼핏 봐서
는 귀한 집에서 자라난 도련님 같은 외모였지만 어투 자체가
고귀함과는 전혀 거리가 멀었다.

"넌 도대체 누구지? 무슨 목적으로 이곳에 와서 날 방해한
건가! 바른대로 말해라!"

"너, 뭔가 단단히 착각 속에 빠져 있는 거 같은데……."

레이지는 죠르제가 앉아 있는 의자에 오른발을 걸친 후 있
는 힘을 다해 뒤로 밀었다. 의자가 벽에 부딪치며 같이 묶여
있던 죠르제의 고개가 앞뒤로 크게 흔들렸다.

레이지는 천천히 그에게 걸어간 뒤 오른손으로 턱을 붙들
고는 위로 확 제꼈다.

"이런 상황이라면 물어보는 쪽은 내가 되어야지 네가 아니
라고. 머리 안 돌아가?"

레이지의 거친 말투보다 거의 닿을 정도로 가까이에서 보
이는 눈동자에서 깊이를 짐작할 수도 없는 분노가 고스란히
드러났다.

죠르제는 자신도 모르게 침을 꿀꺽 삼키면서 입을 굳게 다
물었다. 이제야 그는 자신의 입장이 어떤 것인지 조금이나마
인식했다.

레이지는 어린애 마냥 죠르제의 머리를 토닥이며 입술만
으로 미소를 지었다. 그리고 손톱에 묻은 먼지를 불어 훅 날
렸다.

"그런 고로 물어볼 게 있어. 순순히 답할 생각은 없겠지?"

"그렇다! 그 어떤 방법을 쓰더라도 나는⋯⋯."

죠르제는 하던 말을 멈추고 자신의 으른쪽 어깨에 놓인 레이지의 오른손을 바라보았다.

"으아아아아악!"

레이지의 오른손에 불길이 일어나더니 죠르제의 어깨를 태우기 시작했다. 연기가 위로 피어오르면서 살이 타는 고약한 냄새가 주변으로 퍼졌다.

"뜨끈뜨끈한 게 몸에 좋을 거야."

"으아아악!"

죠르제는 발버둥치며 그의 손을 피하려고 했지만 의자에 묶여 있는 이상 절대 불가능했다. 눈과 코에서 눈물이 마구 흘러나와 땀과 뒤섞여 목을 타고 흘러내렸다.

"고작 서클 2짜리 마법이지. 평상시의 너라면 조금만 신경 써도 쉽게 막아냈을 그런 마법."

"으, 으윽⋯⋯."

레이지는 손을 떼는 척 하며 다시 오른쪽 어깨를 움켜쥐었다. 죠르제는 아예 두 눈을 꾹 감고 이를 악물고 있었다.

"순순히, 거짓없이 대답해 준다면 마법으로 괴롭히지 않겠다고 약속하지."

레이지가 손을 떼자 죠르제는 거칠게 숨을 몰아쉬며 고개를 떨구었다. 소드 엑스퍼트라는 자존심 따위 고통 앞에선 무용지물이었다.

"자, 그러면 다시 이야기를 처음부터 시작해 보도록 하지. 뭘 물어보고 싶은가 하면……."

"전 케이서스 공화국 소속의 오러 랭크 4의 소드 엑스퍼트 죠르제 젤딘이라고 합니다! 현재 그랜드 마스터 나르디안 M. 모르올님이 이끄는… 으아악!"

그의 말은 도중에 끊기면서 비명으로 이어졌다.

"말 끊지마. 난 두말하는 걸 진짜 싫어하거든."

레이지는 다시 시전했던 마법을 중단하고선 손등으로 그의 뺨을 툭툭 건드렸다. 죠르제의 고개는 그 어느 때보다 빠르게 위아래로 끄덕거렸다.

"제이워드의 비밀 연구소에 나르디안이 직접 부하들을 파견하는 경우가 이번이 처음인가?"

"그렇습니다!"

"그렇다면 이전까지는 그냥 방관만 하고 있었지?"

"칸나가 알아서 하도록 놔두고 계셨지만 벌써 두 번이나 유적을 탐사하는 데 실패한 걸 보다 못해 저와 제 부하들을 보내셨습니다."

처음과는 정반대로 아주 고분고분하게 대답하는 죠르제를 바라보며 레이지는 뭐라 표현하기 힘든 기분이 되어버렸다.

'이런 놈에게 등을 찔렸던 예전의 나는 도대체 뭐지?'

아무리 방심했다 해도 찔린 건 찔린 거다. 물론 그때 입은 부상은 쉽게 치료했지만 마음의 평정이 흔들린 탓에 나르디 안과의 대결에서 패배하고 말았다. 이렇게 맥없는 놈에게 서 클 7의 대마법사일 땐 한 방 먹고, 그보다 훨씬 약한 지금에는 가지고 노는 입장이 너무나 묘하게 다가왔다.

하지만 이내 냉정을 되찾고 그가 한 말을 곰곰이 곱씹어봤 다.

'두 번이나 실패했다고 말했지?

벌써 세 번째나 뒤졌다는 사실과 함께 이번까지 포함해서 단 한 번도 성공하지 못했다는 희망까지 알게 되었다.

"어떤 곳을 탐사했길래?"

"그, 그건 저도 잘 모르겠습니다."

레이지는 눈썹 사이를 살짝 찡그리면서 오른손에 마나를 집중시켰다.

"아까는 오른쪽 어깨였으니 이번에는 왼쪽이 좋겠지?"

"진짜 모릅니다! 전 비밀 연구소 탐사 계획에 이번이 처음 입니다! 제발 믿어주십시오!"

죠르제가 거의 발광에 가깝게 온몸을 들썩이며 울먹이자 레이지의 입에서 절로 피식하는 웃음이 새어 나왔다.

이런 놈에게 당했다는 사실 이전에, 이따위 지조도 없고 쓸 모도 없는 인간을 부하로 두는 나르디안을 이해할 수 없었다. 비록 그녀가 적이라고 할지어도

'이건 아무래도 칸나의 부하인 그 마법사 놈에게 물어보는

게 났겠군.'

레이지는 오른손으로 자신의 턱을 매만지며 방 안을 걷기 시작했다. 여러 가지 가설을 세우고 그 가설이 어떤 경우에 들어맞는지, 혹은 앞뒤가 안 맞는지 생각에 잠겼다.

그 사이 죠르제는 고통과 공포의 반복 속에서 짧은 시간이나마 평화를 느끼며 행복한 표정을 지었다.

"흐음, 그러면 이번엔 주제를 바꾸도록 하지."

생각을 마친 레이지는 죠르제에게 다가왔다.

죠르제는 지옥의 사자가 다가오는 공포에 얼굴이 새파랗게 질렸다. 혹시나 하는 마음에 오러를 구현해 보려고 마나를 운용해 봤지만 역시나 불가능했다.

"허튼 수작 부리지 마."

"죄, 죄송합니다!"

눈치챈 레이지의 경고에 죠르제는 목이 쉴 정도로 크게 소리치며 사과했다.

레이지는 귀를 감싸쥐며 인상을 쓸 뿐이었고, 그걸 알아챈 죠르제는 알아서 입을 다물었다.

레이지는 숨을 한 번 크게 내쉰 뒤에 입을 열었다.

"제이워드를 죽인 나르디안에 대한 이야기인데 말이야."

"무, 무슨 말씀이십니까?"

이제까지 죠르제가 레이지에게 느낀 공포가 단순히 두려

움 때문이었다면, 이번에 느끼는 공포는 차원이 달랐다.

절대 다른 이들이 알아서는 안 되는 사실을 지금 처음 보는 타인의 입에서 자연스럽게 나왔다는, 궁극의 공포였다.

"시치미를 떼려면 최소한 동요하는 표정은 보이지 말았어야지. 나르디안 그년은 부하들에게 그렇게 가르치나?"

애써 평정심을 유지하려던 죠르제의 의지는 금세 꺾였다. 그는 몸을 부들부들 떨면서 레이지로부터 멀어지려고 했지만 레이지의 손이 의자를 끌어당기자 각자의 눈이 거의 닿을 정도로 가까워졌다.

"나르디안이 제이워드를 죽인 목적이 뭔지 알고 있어?"

듣는 것만으로도 소름이 돋을 정도로 차가운 레이지의 말.

죠르제는 겁에 질려 입을 뻐끔거리기만 할 뿐 말이 나오지 않았다.

"난 기다리는 것 역시 두말하게 하는 것만큼 싫어해."

"자, 잘 모르겠습니다! 단지……"

"단지?"

"가, 가끔 정체를 알 수 없는 자들이 나르디안님의 집무실로 찾아올 때가 있었습니다. 한 번 어떤 자인지 물어보니 쓸데없는 관심 따위 끊으라고 한 소리 들은 적이 있었습니다. 아, 아마도 그자들과 관계가 있지 않을까 하고 추, 측하고 있습니다!"

더듬거리며 겨우 대답하는 죠르제를 바라보며 레이지는

한심하다는 표정밖에 지을 수 없었다.

'나르디안이 저녀석을 진짜 심복으로 삼았다면 알려주지 않을 리 없었겠지. 그러면서 왜 저따위 놈에게 내 뒤를 찌르라는 위험한 일을 시킨 거지?

뭔가 앞뒤가 안 맞았다.

하지만 지금 죠르제가 거짓말을 한다고 보기엔 힘들었다. 일부러 겁에 질린 척하며 말을 돌리려는 것이 아니라, 어떻게 해서든 아는 사실을 머릿속에서 뽑아내며 자신의 비위를 맞추기에 급급하다는 걸 느꼈다.

'너무 뻔한 이야기 구도라 감안하지 않은 게 있긴 한데⋯⋯.'

나르디안이 제이워드를 습격한 것과 별개로 죠르제 개인이 그저 제이워드를 맘에 안 들어서 먼저 공격해 버린 거라는 좀 어이없는 가정이 떠올랐다.

하지만 지금 와서 굳이 깊게 생각해 볼 필요는 없는 이야기였다.

"나르디안과 칸나는 서로 협력 관계지?"

"그, 그렇습니다."

"나르디안과 칸나가 처음 만났을 때가 언제지? 간단히 제이워드가 죽기 전이야, 아니면 죽은 후야?"

"제가 알기로는 주, 죽은 후부터였습니다."

비록 더듬거리긴 해도 죠르제의 대답은 그의 질문이 끝나기 무섭게 바로바로 나왔다.

'이거 역시 그 칸나가 보낸 부하 놈의 이야기와 짜맞춰 봐야겠어.'

제이워드를 직접 노린 만큼 뭔가 중요한 비밀을 품고 있으리라는 가정은 완전히 벗어났다.

"더 이상 물어볼 것은 없군."

레이지는 혀를 차면서 죠르제가 앉아 있는 의자 뒤로 돌아갔다. 그의 손과 발을 묶고 있는 밧줄은 제외하고 단검으로 의자와 연결된 밧줄만을 끊었다.

"고로 넌 여기로 들어가."

"네?"

레이지는 죠르제의 멱살을 붙잡더니 갖은 편 벽에 세워놓았던 철제 관 안에 집어넣고 뚜껑을 닫았다.

"푸, 풀어주십시오!"

"유적 탐사하느라 그동안 꽤 피곤했을 거 아냐? 어두우니 잠자기엔 딱 좋지?"

오랜 시간 동안 유적 안에 있었음에도 뚜껑에는 녹 하나 슬지 않았다. 뚜껑 표면에 그려져 있는, 잔뜩 일그러져 있는 남자의 표정이 죠르제의 심정을 대변하고 있었다.

"영원히 잠자기에도 말이야."

"살려주십시오! 약속과 틀리지 않습니까!"

"약속?"

레이지는 가소롭다는 표정을 지으며 코웃음을 쳤다.

"난 순순히 이야기해 준다면 마법으로 괴롭히지 않겠다고 약속했을 뿐이야. 널 살려준다고 약속한 적이 있었던가? 기억력이 꽤 나쁘군?"

레이지의 말에 죠르제는 말문이 막혔다.

하지만 지금의 그가 논리를 따질 이유는 없었다. 철제 관을 안에서 계속 두들기며 풀어달라는 아우성밖에 칠 수 없었다.

"그리고 딱히 널 죽이겠다는 것은 아니야. 벗어날 수 있다면 도망쳐도 붙잡을 의향은 없어."

하지만 죠르제의 발버둥은 계속 이어졌다.

레이지는 왼손으로 오른쪽 귀를 틀어막고선 오른손을 들어 올리며 손가락으로 소리를 냈다. 그러자 벽이 발하는 빛의 색이 붉게 변하면서 방 안에 머물고 있던 마나의 흐름이 바뀌었다.

"자, 오러의 제약을 풀어놨으니 맘대로 해보라고."

레이지의 말에 쿵쾅거리는 소리가 멈추었다.

잠시 후 뚜껑과 관 사이의 작은 틈에서 빛이 새어 나오더니 감격에 겨워 기뻐하는 죠르제의 웃음소리가 흘러나왔다.

"오, 오러가… 돌아왔어!"

"자, 그러면 그 오러의 힘으로 탈출해 봐."

기합 소리가 연달아 들리며 강렬한 오러의 기운이 철제 관 안에서 뿜어져 나왔다.

"하지만 쉽지 않을 거야. 네가 갇혀 있는 아이언 메이든은 좀 특수한 재질로 되어 있거든."

아이언 메이든.

현재 잔혹하다는 이유로 사용이 금지된 고문 도구 중 하나다.

사람 하나가 들어갈 만한 크기의 튼튼한 철로 구성된 관이고, 백여 개에 달하는 철침이 솟아나와 전신을 찔러 피투성이로 만들어 버린다.

하지만 랭크 4의 오러 유저라면 보통의 아이언 메이든 정도야 오러의 힘으로 뚫고 나갈 수 있다.

물론 어디까지나 '보통'의 아이언 메이든의 한해서다.

"드루기아 대왕은 특이한 물건들을 수집하기로도 유명한 왕이었지. 그건 오러 유저들을 고문하기 위해 특수하게 제작되어서 웬만한 오러는 통하지 않아."

죠르제는 레이지의 충고에도 아랑곳하지 않고 오러의 힘으로 탈출하려고 안간힘을 썼지만 아무런 소용이 없었다. 결국 다시 발악하는 수밖에 없었다.

"날 풀어줘! 이건 너무하잖아!"

"너무해?"

서늘함마저 느껴지는 레이지의 어조에 죠르제는 일순간 오러를 중지했다.

"사람 등에 칼침 놓은 인간이 할 말이라고 보이진 않는데?"

"그, 그게 무슨 소리지?"

죠르제의 물음에 레이지는 그때 들었던 말을 떠올리며 입으로 읊었다.

"그 잘난 얼굴이 일그러지는 걸 보고 싶었지."

"어, 어……."

굳이 죠르제의 표정을 확인할 필요도 없었다.

레이지는 아이언 메이든을 주먹으로 툭툭 두들기며 입술의 왼쪽 끝을 위로 올렸다.

"너는 기억할지 못할지 모르지만 나는 확실히 기억하고 있지. 그렇게 허접한 놈에게 뒤통수를 맞을 줄 몰랐거든. 내 생애에 유일한 오점이랄까?"

"너, 넌 누구지? 누구야!"

"나? 이 정도까지 말했으면 대충 눈치채야 하지 않나?"

죠르제의 발버둥에 아이언 메이든이 흔들렸다.

"말도 안 돼……. 그놈은 죽었어! 시체를 확인하고 불로 태워서 완전히 없앴다고!"

"그래, 그랬겠지."

담담하게 대답하는 레이지와 달리 죠르제는 이제까지 단한 번도 겪어보지 못한 공포에 사로잡혀 절망하고 있었다.

"하지만 대마법사는 말이야, 기존의 상식을 벗어나는 일

정도는 쉽게 할 수 있어야 해. 죽었다 도로 살아나는 거 정도도 못하면 아크메이지라는 칭호가 우습지 않겠어?"

"거짓말하지 마! 제이워드는 죽었어!"

"그래, 제이워드는 죽었지. 하지만 레이지로 다시 태어났지. 새 육체를 얻고, 마법은 물론 오러까지 쓸 수 있는 더 좋은 몸으로."

레이지는 아이언 메이든에 왼손을 갖다댄 뒤 마나를 살짝 불어넣었다. 그리고 오른손을 위로 들어 올린 뒤 손가락을 튕겨 소리를 냈다.

딱.

"으아아악!"

고막을 찢어갈길 듯한 날카로운 비명이 아이언 메이든 밖으로 울려 퍼졌다. 미세한 틈을 따라 흘러나온 피가 아이언 메이든이 서 있는 바닥 아래에 고이기 시작했다.

"내 눈! 내 눈이! 으아아악!"

"아, 참고로 미리 말해두겠어. 아까도 말했지만 그 아이언 메이든은 오러 유저 고문용으로 특별히 제작된 거라 웬만한 수준의 오러로 막아내긴 힘들어. 하지만 방법이 아주 없는 것도 아냐. 네가 그때 날 죽인 이후부터 꾸준히 수련에 수련을 거듭해 랭크 5 이상의 소드 마스터라도 되었다면 조금이라도 가능성이 있었을 거야."

그 이야기인즉슨 랭크 4인 죠르제에게 탈출의 가능성은 눈곱만큼도 없다는 선고이기도 했다.

"참고로 1분마다 한 번씩 침이 튀어나왔다 들어갈 거야. 아까 불어넣은 마나량이라면 한 시간 정도 작동할 테니 잘 버텨봐."

"자, 잘못했습니다! 전 그저 그 여자가 시키는 대로 했을 뿐입니다! 제발 용서해 주십시오! 시키는 대로 뭐든지 할 테니 제발, 제발 풀어주십시오!"

"글쎄, 풀어주고 싶은 마음은 그다지 없어."

그가 예전의 레이지가 만들었던 원한에 대해서 다소 관대했던 이유는, 필요 이상의 원한 관계를 유지하길 원치 않았기 때문이다.

하지만 제이워드였을 때의 원한은 또 다르다.

제이워드를 죽일 때 참여했던 이들은 단 한 명도 살려두어서는 안 된다. 죠르제에 대해서는 굳이 손 쓰는 것조차 귀찮아서 이런 식으로 서서히 죽음에 다가가게 만들었지만.

"너의 그 못난 얼굴이 일그러지는 것 따위 굳이 보고 싶지 않거든."

레이지는 뒤돌아선 뒤 입구 쪽으로 천천히 걸어갔다. 그 사이 1분이 지나 다시 한 번 튀어나온 철침들이 죠르제의 살갗 안으로 날카롭게 파고들었다.

"으아아악!"

죠르제의 비명 소리가 그의 등 뒤에서 울려 퍼졌다.

아이언 메이든의 아래는 완전히 피의 호수가 되어버렸다.

'저 녀석, 내가 가면 아래의 얼굴을 왜 보여줬을까라고 생각도 안 했나 보지?

예전 제이워드의 등을 찔렀다는 사실 이전에, 가면 안의 얼굴을 드러낸 시점에서 죠르제를 살려줄 의향은 조금도 없었다.

3

「하하하! 이것이 바로 서클 7의 마법이다!」

볼케스는 완전히 불바다가 되어버린 적 진영을 바라보며 크게 소리쳤다.

양손을 허리에 대고 자신만만하게 정면을 바라보고 있는 그의 등 뒤로 망토가 펄럭이고 있었다.

「정말 대단합니다. 아크메이지 볼케스 M. 소르반님.」

「저희는 감히 꿈도 꿀 수 없는 영역입니다.」

「역시 아크메이지는 다르군요.」

그의 제자들이 모두 모여 입을 모아 칭송하고 있었다.

저절로 그의 입에 미소가 자리 잡았다.

「오, 스승이신 칸나님 아닙니까?」

뒤돌아본 그의 시야에 한 여성이 자리 잡고 있었다.

평소의 오만한 표정은 온데간케없고 대신 그를 우러러보

는 눈동자가 빛날 뿐이었다.

「아닙니다. 전 고작 서클 5의 미약한 위치에 불과할 뿐입니다. 위대하신 대마법사 볼케스님에 비하면 아무것도…….」

칸나의 말끝이 흐려지자 볼케스는 그녀의 어깨에 살짝 두 손을 얹었다.

「스승님의 도움이 없었다면 절대 이런 경지에 올라서지 못했을 것입니다. 솔직히 원망을 안 한다면 거짓말이겠죠. 하지만 모두 잊었습니다.」

「볼케스님…….」

모든 적들이 자신을 두려워하고 모든 아군이 자신을 우러러보았다.

그는 지금 이 순간이 꿈만 같았다. 너무나 달콤하고 즐거운 기분이라 죽을 때까지 이런 느낌만 누리고 싶었다.

*　　　*　　　*

"대마법사? 아주 거창한 꿈을 꾸더구만?"

갈라진 목소리에 볼케스는 두 눈을 번쩍 떴다.

불타고 있는 적 진영은 온데간데없고 대신 검은 철가면을 쓴 남자가 정면에 서 있었다.

"넌 누구지?"

퍼억.

순간 볼케스의 눈앞이 어두워지면서 별이 반짝거렸다. 그는 시퍼렇게 변한 오른쪽 눈두덩이를 매만지며 재빠르게 현실로 돌아왔다.

"누, 누구십니까?"

"아까 그놈보단 머리가 좀 더 잘 돌아가는 것 같아서 조금은 마음에 드는군."

볼케스는 여전히 쓰라린 눈을 비비면서 주변을 둘러보았다.

"여, 여기는 도대체……."

공기를 들이마시는 것만으로도 방 안에 충만한 마나의 기운을 고스란히 느낄 수 있었다. 벽에 자리 잡고 있는 책장과 그 책장에 빽빽이 꽂혀 있는 책들이 그의 시선을 사로잡았다.

"대마법사 제이워드의 비밀 연구소 중 하나가 바로 이곳이라고. 감격스럽지 않아?"

"이, 이곳이 아크메이지 제이워드 M. 만델의……."

볼케스는 자신도 모르게 자리에서 벌떡 일어섰다.

매직 유저라면 언젠간 도달할 거라 믿는 서클 7의 절대영역. 그 미지의 영역에 도달한 두 명의 마법사 중 한 명인 제이워드의 비밀 연구소에 발을 디뎠다는 사실만으로도 그의 가슴이 벅차 올랐다.

그는 대마법사 제이워드가 썼을 것이 분명한 책을 향해 한 걸음 옮겼다. 하지만 비틀거리며 앞으로 고꾸라졌다.

"어……."

그는 자신의 팔과 다리가 꽁꽁 묶여 있다는 사실을 뒤늦게 알아챘다. 게다가 체내에 존재하는 마나가 뭔가에 막혀 움직이지 못한다는 사실도 깨달았다.

그리고 가장 중요한 사실인, 지금 자신의 뒷덜미를 잡아끄는 남자가 유적에 들어온 이후부터 일행을 계속 괴롭히던 그 괴한이라는 것을 이제야 떠올렸다.

"물어볼 게 있는데 순순히 대답해 주길 바래."

레이지의 말에 자신의 입장을 금세 인지한 볼케스는 고개를 빠르게 끄덕거렸다. 대마법사의 손길이 살아 숨쉬고 있는 역사적 현장에 있다는 감동 따윈 현실의 두려움 앞에 재빠르게 사라졌다.

'빨리 끝날 것 같아서 다행이로군. 솔직히 아까 죠르제 그 놈은 너무 말을 안 들어서 탈이었어.'

물론 그만큼 자신을 고생시킨 대가를 톡톡히 치르게 해주었지만.

'하지만 이 녀석도 왠지 죠르제처럼 스승에게 별로 신임받는 입장으로 보이지 않아. 어느 정도까지 정보를 캐낼 수 있는지 의심스러워.'

레이지는 턱을 매만지면서 벽에 등을 기댔다. 어찌 되었든 간에 이제까지 알지 못했던 정보 자체를 이놈에게서 최대한 뽑아내야 한다.

"칸나와 나르디안이 처음 접촉한 시점이 언제인지 알고 있어?"

레이지의 질문에 볼케스는 시선을 위로 향했다. 한참 생각에 몰두한 뒤에야 그의 입이 열렸다.

"정확한 날짜는 잘 모르지만, 작년이라는 건 확실합니다."

"작년? 5월 이전이야, 이후야?"

레이지는 제이워드가 죽은 날짜를 직접 언급하는 대신 돌려서 물어보았다.

"아마도… 가을 무렵이었으니 확실히 5월 이후일 겁니다. 허름한 마탑 안에 갑자기 그랜드 마스터가 예고도 없이 방문해서 저는 물론 스승이신 칸나님마저 놀라 당황했던 기억이 납니다."

"그랜드 마스터라면 나르디안 말인가?"

"네, 직접 나타나 칸나님을 찾고 있었다고 말했습니다."

"나르디안이 직접?"

레이지는 죠르제가 했던 말과 지금 볼케스가 한 말을 서로 짜맞추며 나름대로 인과관계를 유추해 보았다.

'죠르제가 한 말과 일치하는군. 내가 죽은 이후 두 여자들이 처음 만났다면 칸나는 내 죽음과 직접 연관이 없다는 걸까?'

물론 부하들이나 제자들 몰래 두 여자 단둘이서 사전에 만났을 가능성도 있다. 하지만 우선 보고 들은 걸로 판단하기로 결정했다.

"현재까지 비밀 연구소가 있을 거라고 판단해 탐사한 곳이 전부 몇 곳이지?"

"여기까지 포함해 세 곳입니다."

"장소는?"

"고르올라 동굴과 헤스자 유적입니다."

두 곳의 이름이 언급되자 가면 안에 감춰진 레이지의 표정이 묘하게 변했다.

'하필이면 가장 험난한 두 곳을 택했군.'

고르올라 동굴의 경우 무려 일주일이나 넘게 방황했던 기억이 떠올랐다. 예전 고대의 명망있는 마법사가 칩거했다는 곳으로 알려진 고르올라 동굴은 일정 시간마다 동굴 구조가 바뀌는 악명 높은 곳이기도 하다. 특히 동굴 안 곳곳을 돌아다니는 고블린 군대의 경우 일반적인 고블린과 달리 체계적인 조직 체계를 갖추어서 상대하기 꽤나 까다롭다.

제이워드의 마법 앞에서야 까다로운 수준이었지만, 그놈의 구조 변경이 문제였다. 결국 변화되는 100여 개의 패턴을 일주일을 소모하면서 모두 외운 뒤에야 돌파할 수 있었다.

'그리고 그 서클 0의 마법이 그곳에 있었지.'

어떤 의미에선 제이워드의 은인이기도 한 곳이었다.

'고르올라 동굴은 그렇다고 쳐. 헤스자 유적은 무슨 배짱으로 들어간 거야?'

고대 문명의 발상지 중 하나인 헤스자 유적은 매직 유저에
겐 최악의 공간이다.

유적 안에 잠자고 있는 몬스터들 대부분이 현재에는 거의
사라진 존재로서, 특이하게 서클 5 이하의 마법에는 강력한
저항을 지닌 이들이 대다수다. 아무리 서클 7의 영역에 도달
한 제이워드였다 해도 항상 높은 서클의 마법만 구사하지 않
는다. 상대의 역량에 따라 적절한 서클의 마법을 구사하며 마
나 분배를 해야 하는데 그곳에선 통용되지 않았다. 최소 서클
6의 마법을 난사해야 하는 상황인지라 세 번이나 도로 나온
뒤에야 유적 최상층까지 정복할 수 있었다.

"탐사 성과는?"

"막상 비밀 연구소 근처에도 가보지 못했습니다."

"그렇겠지. 헤스자 유적은 몇 층까지 갔어?"

"3층이 한계였습니다."

총 15층으로 이루어진 드높은 건축물이기도 한 헤스자 유
적. 아무리 매직 유저에게 지옥이라 해도 3층까지 못 갔다는
건 자질의 문제가 크다.

'하긴, 이 녀석을 보니 이제까지의 탐사단이 어떻게 구성
되었는지 뻔히 보이는군.'

마법 실력의 높고 낮음 이전에 조금 겁주었다고 해서 술술
말하는 태도에 호감이 갈 리가 없다. 굳이 따로 괴롭힐 필요
없어서 편하긴 했지만 이런 놈을 부하나 제자로 둔다면 언젠

가는 분명히 뒤통수를 맞을 게 뻔하다.

"고르올라 동굴은?"

"파견된 스무 명의 마법사 중 열여덟 명이 죽고 두 명만 살아남았습니다. 아마 다음달 쯤음에 네 번째 탐사단이 파견될 겁니다."

그때의 악몽을 다시 떠올려서인지 볼케스의 표정이 눈에 띄게 어두워졌다.

'대충 칸나가 어떤 녀석들을 부리는지 알 만해. 하긴, 말이 내 제자일 뿐이지 기반없이 그곳에서 살아남으려면 꽤 피를 봐야 할 거야.'

카르도니아 마법사 협회는 각 국가의 마법사 협회 중에서도 권력다툼으로 가장 유명한 곳이다. 제이워드야 아크메이지라는 이유만으로도 굳이 그런 복마전에 끼어들 필요가 전혀 없었다. 칸나 입장에선 제이워드의 제자라는 이름이 통용되는 기간 동안 어떻게 해서든 눈에 띄는 성과를 내 입지를 다져야 함이 뻔히 보였다.

"칸나에게 비밀 연구소에 설치된 마나의 장벽을 푸는 주문은 배웠겠지?"

더 이상 물어볼 것이 없어진 레이지는 입구 쪽에 설치된 마나의 장벽을 가리켰다.

"아직 다른 연구소에서 장벽을 풀어본 적은 없지?"

"그, 그렇습니다만."

"그러면 풀어봐. 풀고 난 뒤 그대로 돌아가도 상관없어."

레이지의 제안에 긴장이 풀린 볼케스의 얼굴이 함박 웃음을 지었다.

"정말입니까?"

"해 봐, 한 번."

레이지가 옆으로 비켜서며 자리를 비켜주었다. 볼케스는 자리에서 안간힘을 쓰며 일어선 뒤 깡총깡총 뛰며 입구 쪽으로 이동했다. 보다 못한 레이지는 두 손의 밧줄만을 풀어준 뒤 볼케스의 양 중지에 몰래 끼어두었던 두 개의 반지를 빼냈다.

"서툰 수작 부리면 목이 날아갈 거다."

레이지는 검집에서 검을 꺼내 볼케스의 목 뒤를 겨누었다.

오러에 휘감겨 있는 검날을 타라본 볼케스는 흠칫거렸지만, 탈출하겠다는 일념 하나만을 지니고서 두 손을 마나의 장벽에 가져갔다.

그는 두 눈을 감고서 칸나에게 배운 해체식을 떠올리며 천천히 읊기 시작했다. 마나가 두 손에 모이면서 룬 문자를 하나씩 그려냈다.

그렇게 5분이 지난 후, 볼케스는 두 눈을 떴지만 마나의 장벽은 굳건하게 그의 앞을 가로막고 있었다.

"어? 이게 아닌가?"

볼케스의 말에 당혹함이 묻어나왔다.

"뭐지? 뭐가 잘못 된 거지?"

다시 두 눈을 감고 해체식을 읊었지만 결과는 마찬가지였다.

그랜드 마스터의 오러나 아크메이지의 마법이라면 해체식 따위 무시하고 파괴할 수 있지만, 서클 4의 메이지에 불과한 볼케스로선 정공법을 따를 수밖에 없었다.

20분이 넘도록 거듭 시도했지만 볼케스의 이마에는 식은땀만이 송글송글 맺힐 뿐이었다. 5서클에 해당하는 마나가 있어야 해체식이 제대로 구현된다는 사실 이전에 큰 문제가 있었다.

'마나 서클이 모자라서가 아니야. 그년, 예전에 내가 작성했던 해체식을 그대로 가르쳐 주었군. 바보 아냐?'

제이워드는 거의 5년에 걸쳐 비밀 연구소를 하나씩 설치했다. 그리고 전쟁이 끝나기 1년 전, 그의 제자였던 칸나는 기존의 비밀 연구소의 위치가 기록된 지도와 앞으로 설치할 예비 장소가 기록된 문서를 가지고 도주했다.

소중한 비밀 연구소의 지도를 도둑맞은 시점에서 제이워드의 성격상 죄다 다른 걸로 안 바꾸었을 리 만무하다. 특히 마나의 장벽을 해체하는 주문은 하나도 남김없이 변경시켰다.

"아무리 해도 안 되겠는데?"

"마, 마나량이 조금 부족해서 그런 겁니다."

"이건 마나량이 모자란 수준의 문제가 아냐. 날 물로 보지 마. 자신보다 서클이 낮아 보인다고 마법 지식까지 그럴 거라고 착각하면 곤란해."

더 이상 볼케스와 말싸움할 시간조차 아깝게 느껴졌다.

그는 마나의 장벽에 손을 대고선 룬 문자를 작게 소리내어 읊었다. 그러자 순식간에 장벽이 사라졌다.

"어, 어떻게?"

볼케스가 놀라는 사이 제이워드는 입구 밖으로 나갔고, 도로 마나의 장벽이 나타나며 입구를 막았다. 멍하니 그를 바라보던 볼케스는 뒤늦게 정신을 차리고 장벽을 두들겼지만 이미 늦었다.

"난 먼저 갈 테니 구조대가 올 때까지 참고 기다려 보라고."

레이지의 말에 볼케스는 울상을 지으더 두 무릎을 꿇었다.

"아, 그래도 혼자 있으려면 꽤 심심할 테니 귀여운 애완동물 하나 두고 가도록 하지."

레이지가 오른손을 치켜들더니 손가락을 튕겨 소리를 냈다.

그러자 마찰음이 들리면서 책장 한가운데에 커다란 구멍이 생겼다.

"크르릉……."

듣는 것만으로도 소름이 돋게 만드는 늑대 울음소리가 낮게 울려 퍼졌다.

볼케스는 뭔가 상황이 악화되고 있다는 걸 직감하고 두 다리에 묶인 밧줄을 급하게 풀었다.

"이, 이 개는 뭐죠?"

애완동물이라는 말에 볼케스는 분명히 늑대 형상에 가까운 몬스터를 일개 '개'로 치부했다.

"개 아닌데?"

"그, 그러면 뭡니까?"

"헬하운드."

"!"

볼케스의 얼굴이 새파랗게 질렸다. 공포에 사로잡힌 그의 로브 아랫부분이 축축하게 젖어들었다.

지옥의 파수견이라 불리는 헬하운드.

세 개의 머리에 달린 여섯 개의 눈동자가 일제히 자신을 응시하자 볼케스의 몸이 부들부들 떨리기 시작했다.

"아, 참고로 헬하운드에겐 화염 계열의 마법은 통하지 않아. 그걸 감안하고 싸우면 조금은 더 버틸 수 있을 거야."

레이지의 조언에 볼케스는 양손에 구현하던 화염구를 바라보며 울상을 지었다가 이내 표정을 일그러뜨렸다.

"거짓말하지 마! 더 이상 네 녀석 말은 안 믿어!"

볼케스는 동시에 세 개의 화염구를 형성해 헬하운드의 머리를 향해 날렸다. 하지만 헬하운드는 입을 크게 벌리더니 화염구를 빨아들였다.

"이, 이럴 수가!"

그의 탄식이 끝나기 무섭게 헬하운드의 가운데 머리에서 강렬한 불길이 뿜어져 나왔다. 볼케스는 블링크 마법을 써서 간신히 공격을 피했지만, 제이워드의 책들이 책장과 함께 불타오르기 시작했다.

"아, 안 돼!"

매직 유저로서 목숨만큼이나 소중한, 고위 서클의 마법서들이 활활 불타오르고 있었다. 죽음에 대한 공포와 함께 절망이 볼케스를 서서히 덮치고 있었다.

"마지막으로 충고 하나만 하지. 스승 선택을 잘 하라고. 어설프게 골랐다간 피 보기 일쑤야."

죠르제와 달리 제이워드였을 때의 그에게 직접 피해를 입힌 건 아니었지만 하필 칸나의 제자라는 사실이 자비를 허용치 않았다.

'왠지 예전의 나 자신을 욕하는 기분도 드는데.'

제자 한 명 잘못 두었다가 수모를 겪은 과거의 자신에 대한 이야기이기도 했다.

그는 씁쓸한 기분을 느끼면서 걸음을 옮겼다.

볼케스는 거대한 얼음을 구현해 헬하운드를 향해 발사했지만, 헬하운드가 뿜어낸 화염에 막혀 맥없이 녹아내렸다.

"이, 이건 꿈이야. 그래, 난 아직도 잠자고 있는 거야."

비밀 연구소 안은 온통 불바다였다.

헬하운드를 설사 이긴다 하여도, 마나의 장벽을 해체시키지 못하는 이상 죽은 것이나 마찬가지다.

볼케스는 이성을 잃어버리고 지금 이 순간이 진짜 꿈이기를 바랐다. 아까 꾸었던 꿈이 현실이고, 지금 공포에 점철된 현실이 꿈이라고 기원했다. 하지만 로브에 달라붙은 불 때문에 익어가는 피부는 절대 꿈이 아니라 현실이었다.

"꿈이라고! 꿈일 거야! 으… 으아악!"

4

두 눈을 지그시 감고 기도를 하고 있던 세리타는 건너편 방에서 누군가의 생명이 사그라드는 것을 느꼈다.

두 팔이 등 뒤로 돌려져 묶여진 상태라 성호를 그을 수 없었다. 대신 입으로 기도문을 읊으며 추모했다.

"기도하고 있었나?"

거칠면서 갈라진 남자의 음성에 그녀는 두 눈을 떴다.

유적을 탐사하는 내내 자신을 괴롭혔던 검은 철가면의 남자, 레이지였다.

"기도하면 그 잘난 베르시아님께서 살려주실 거라고 생각해?"

"그건 아닙니다."

그녀는 레이지의 말에 고개를 저었다.

고통 앞에 비굴할 정도로 굴복했던 죠르제와 빠르게 사리 판단을 하고 아는 것 모두를 순순히 털어놓은 볼케스와 달리 세리타는 담담하게 자신의 입장을 받아들이는 중이었다.

"너를 포함해 세 명이 살아남았어. 나머지 두 명이 어떻게 되었는지 궁금하지 않아?"

그녀는 연기를 들이마시고 잠들기 직전, 끝까지 살아남은 두 남자가 누구인지 기억하고 있었다.

"이미 그 두 분은 머나먼 다른 곳으로 떠나신 걸 알고 있습니다."

그리고 그들의 생명이 이미 사라졌다는 것을 감지했다. 홀리 유저 특유의, 살아 있는 생명체의 생명력을 감지하는 능력 때문이었다.

"그리고 제가 이곳에서 생을 마감한다면, 이것 역시 베르시아님의 뜻이겠죠."

"이래서 교단 인간들은 상대하기 짜증나."

가면에 감춰진 레이지의 얼굴이 살짝 찡그러졌다.

그 어떤 것과도 바꿀 수 없는 신에 대한 믿음은 모든 논리와 감정에 대항할 수 있다.

물론 예전 적으로 상대했던 모든 홀리 유저들이 세리타 같은 태도를 취한 건 아니었다. 고통과 협박은 대부분의 인간에게 통용되는 간편하면서 잔혹한 방법이니까.

하지만 홀리 유저의 등급을 나타내는 클래스가 높은 성직자일수록 고집을 꺾기 힘들어진다. 그렇다고 교리에 위반된다고 자살도 택하지 않고 죽을 때까지 버티기 때문에 골치 아플 뿐이었다.

'괜히 힘 뺄 필요 없이 간단히 결정해야겠어.'

이 자리에서 죽이느냐, 아니면 살려서 돌려보내느냐.

선택지는 단 두 개였지만 레이지의 얼굴에 계속 가면이 씌어져 있다는 점에서 후자 쪽에 이미 무게 중심을 두고 있었다.

'이 여자를 죽일 수도 있지만, 그랬다간 교단과 완전히 적으로 돌아설 가능성이 높아. 지금은 내 정체를 들키지 않았지만 세상일이란 앞으로 어떻게 돌아갈지 모르니까.'

앞을 가로막을 적을 철저히 짓밟는 것만큼이나 중요한 일.

그건 자신의 뒤를 막아줄 같은 편을 만드는 일이다.

과거 제이워드였을 때엔 그와 뜻을 함께하는 실력자들이 모여들었다. 그렇게 만난 다섯 명이 20년이 넘게 진행되었던 제국과의 전쟁에 종지부를 찍었다.

'그렇다고 그냥 실례했습니다, 라고 말하고 돌려보낼 수도 없는 일이고.'

그래도 이왕 이렇게 사로잡은 이상 알아낼 것은 알아내야 한다.

"교단과 칸나 그년과는 어떤 관계지?"

레이지의 질문에 세리타는 입을 굳게 다물었다.

"매직 유저가 홀리 유저들만 잔뜩 모인 교단과 손을 잡는다는 건 진짜 드문 경우거든? 입이 있으면 말해보라고."

그 어떤 것보다 신의 가르침을 최우선으로 삼은 홀리 유저와 높은 경지에 도달할수록 신의 존재에 대해 의심을 품을 수밖에 없는 매직 유저는 서로 상충되는 관계다.

특히 100여 년 전 교단 측에서 대대적으로 밀어붙이던 '마녀 사냥'은 두 집단과의 엄청난 증오를 불러일으켰다. 그후 교단 측에서 이례적으로 자신들의 실책을 인정하는 발표를 했지만, 그렇다고 그동안 쌓인 증오가 쉽사리 사라질 리 없다.

레이지는 오른손을 펴더니 활활 타오르는 불꽃을 형성했다.

그대로 세리타의 어깨를 움켜쥐려고 했지만 닿기 직전에 손을 거두었다.

'어차피 재생 능력이 있는 한 상처 따윈 도로 회복될 게 뻔해.'

이 능력 덕분에 항상 최전선에 서서 적군의 전진을 막는 역할을 담당하기도 하며, 웬만한 부상은 무시하면서 치고 빠지는 전법도 사용할 수 있다.

물론 상처가 생길 때의 고통 그 자체까지 느끼지 못하는 건 아니다. 하지만 그들 특유의 신앙심과 함께 재생의 반복 속에서 고통 그 자체에 익숙해지게 마련이다.

'흐음? 저거 왠지 눈에 익은 느낌인데?'

은으로 제작된 끈 끝에 걸려 있는 로자리오가 레이지의 눈에 들어왔다. 성직자라면 당연히 걸고 있게 마련이지만 유독 익숙한 느낌이 들었다.

"그 로자리오 좀 내놔 봐."

하지만 두 팔이 등 뒤에서 묶인 그녀로서는 어찌할 수 없었다. 그걸 뒤늦게 알아챈 레이지는 스스로에 대해서 피식 웃으면서 세리타의 목에 걸린 로자리오를 빼내 눈앞에 가져갔다.

'이건 설마…….'

로자리오의 뒤를 본 레이지의 표정이 살짝 굳었다.

꽤 오랫동안 사용되어서인지 광택이 많이 바랬지만 뒤에 새겨진 이니셜은 전에 분명히 본 적이 있었다.

"너, 베아트리체와 아는 사이냐?"

"추기경님을 아십니까?"

질문에 질문으로 대답하는 기묘한 분위기가 되었다.

레이지는 얼굴을 가리고 있는 가면을 오른손으로 탁 치며 고개를 옆으로 돌렸다.

"그 여자는 잘 지내고 있냐?"

"……."

"굳이 대답하고 싶지 않으면 대답 안 해도 돼. 그냥 생각나서 물어본 것뿐이니까."

그의 말에 세리타는 잠시 고민하더니 고개를 들면서 입을 열었다.

"이른 새벽에 하루도 거르시지 않고 추모 기도를 올리고 계실 겁니다."

"추모?"

제국과의 전쟁 막바지에 함께했던 동료 중 한 명이었던 베아트리체. 그는 치열한 전투가 끝난 후엔 희생된 아군은 물론 죽어간 적군에 대해서도 추모의 기도를 올리곤 했다.

'아직까지도 전쟁통에 희생된 이들 모두를 축복하나? 그녀답다면 그녀답군.'

한 번은 그렇게 기도를 드릴 바엔 굳이 왜 전쟁에 참여하냐고 한 소리 한 적이 있었다. 그때 그녀의 대답은 간단했다.

"아무것도 하지 않는 것보단 나으니까요."

당시 제이워드는 더 이상 반박하지 않고 입을 다물었다.

'저 로자리오는 분명히 베아트리체의 것이었던 게 분명해. 물건에 집착하는 성격은 아니었지만, 그걸 쉽게 남에게 줄 거라고는 상상되지 않아.'

레이지는 자신을 빤히 쳐다보고 있는 세리타를 바라보고 뭔가 떠올렸다.

'잠깐, 이 여자 성이 말리스였지? 그 말리스 가문이라면 예

전에……'

그는 베아트리체가 했던 말 중 하나를 기억해 냈다.

고아 출신인 그녀는 어릴 적 교단이 운영하는 고아원에서 자라났다. 그러던 중 신성력에 눈을 떠 성직자의 길을 걸었고, 그런 그녀를 한 가문에서 지원해 줬다는 이야기를 들었다.

'그래, 그 가문의 이름이 말리스였어.'

그 이야기인즉슨 이 세리타라는 여자는 베아트리체에게 꽤나 소중한 존재로 자리 잡았음이 분명하다.

'입을 막기 위해 세리타를 죽인다면 일이 꼬일 게 분명해. 그녀 역시 나르디안처럼 날 배신했을지 모르지만, 확실히 판단할 수 없는 이상 섣부르게 행동할 수 없어.'

옛 동료에 대한 정 때문일까.

레이지는 그녀와 항상 다투던 때를 떠올리며 자신도 모르게 미소를 지었다.

'전쟁이 끝난 후 각자의 길을 걸어가기 위해 헤어지던 날, 가장 슬픈 눈으로 날 바라보던 게 베아트리체였지. 왜 아무것도 얻을 수 없는 복수에 매달리냐면서……'

하지만 그녀는 굳이 제이워드를 설득하려 하지 않았다. 단지 이해할 수 없다고 말했을 뿐이다.

"이봐, 그 로자리오의 주인에게 감사하라고."

"네?"

"죽일 수도 있었는데 관두기로 했어."

세리타는 두 눈을 깜박이며 레이지를 바라보았다. 하지만 가면에 가려진 얼굴 때문에 그의 표정이나 감정을 읽을 수 없었다.

"물론 다음에 또 만난다면 그때는 어떻게 될지 몰라. 조금의 망설임도 없이 목을 베어버릴 수도 있으니 조심하라고."

레이지는 오른손을 들어 올리더니 손가락을 튕겨 소리를 냈다. 그러자 바닥에 서서히 하얀 연기가 깔리면서 방 안에 차오르기 시작했다.

"앞선 두 놈들과 달리 좋은 사람과 알고 있다는 걸 다행으로 여기라고."

레이지는 그녀에게 등을 돌린 채 가면을 벗어 옆으로 휙 던졌다. 세리타는 몸을 일으키며 그의 얼굴을 보려고 했지만 급속히 찾아오는 졸음 때문에 몸이 말을 듣지 않았다.

"다, 당신은 누구기에……."

세리타는 채 말을 마치지 못하고 바닥에 쓰러졌다.

5

"세리타님! 세리타님!"

"으, 으응……."

누군가의 외침에 아직 잠기운이 남아 있는 세리타는 두 눈을 비비며 고개를 들었다.

"정신이 드십니까?"

턱수염을 수북히 기른 중년 남자가 걱정스러운 눈빛으로 그녀를 내려다보고 있었다. 정신을 차린 그녀는 흐트러진 머리를 매만지면서 주변을 둘러보았다.

험상궂게 생긴 남자들이 그녀의 주변을 둘러싸고 서 있었다. 하지만 그녀의 시선과 마주치자 흠칫 놀라면서 고개를 다른 곳으로 돌렸다.

"어디 다치신 곳은 없습니까?"

"모르딕? 모르딕 맞죠? 몸은 괜찮나요?"

모르딕을 알아본 세리타는 그가 큰 부상을 입고 실려 나간 사실을 떠올리며 걱정했다.

"아직 이곳저곳 쑤시기는 하지만 괜찮습니다."

그가 웃음을 지으며 대답하자 세리타는 가슴을 쓸어내리며 안도의 한숨을 내쉬었다.

하지만 잠들기 전의 일을 떠올리며 자리에서 벌떡 일어섰다.

"여기는 어디죠?"

그녀는 자신을 둘러쌌던 남자들이 자리를 비켜주자 확 트인 시야로 주변을 둘러보았다.

어두컴컴한 유적 안이 아닌 유적 입구의 석상이 눈에 들어왔다.

"아무래도 걱정이 되어서 아는 친구들을 데리고 왔지만, 차마 들어가기 겁이 나서 입구에서 기다리고 있었습니다. 다른 분들은 어떻게 되었습니까?"

"어, 전 분명히 그때 유적 안에 있었는데……."

그녀가 잠들기 전 마지막으로 시야에 들어온 것은, 여러 가지 감정이 뒤섞인 복잡한 표정을 한 남자의 옆모습이었다. 하지만 워낙 희미하게 남아 있던 터라 얼굴 자체가 자세히 떠오르지 않았다.

"아, 로자리오가!"

그녀는 가슴 부분을 더듬으며 있어야 할 것이 없다는 걸 알아챘다. 방금 전까지 누워 있던 자리를 더듬었지만 손에 잡히는 것은 흙과 작은 돌덩어리뿐이었다.

"이거 아닙니까?"

"그, 그거 맞아요!"

세리타는 모르딕이 건네준 로자리오를 두 손으로 꽉 쥐고선 가슴에 품었다.

"다행이야, 정말로 다행이야……."

그녀의 두 눈에 눈물이 살짝 맺혔다.

상대가 고위 성직자라 감히 가까이 다가가지 못하고 곁눈질로 바라보던 남자들의 볼이 살짝 빨갛게 물들었다.

"세리타님의 옆에 놓여 있었습니다. 누군가 훔치려고 했습니까?"

"찾았으니 상관없어요. 정말로… 고마워요."

손가락으로 눈물을 훔치며 미소 짓는 그녀를 바라보는 모르딕 역시 얼굴이 빨갛게 달아올랐다. 하지만 상대가 성직자라는 생각에 고개를 마구 저으면서 제정신을 차렸다.

"이건 저에게 있어서 소중한 분이 손수 주신 물건입니다. 절대 잊어버리면 안 되는 거였어요."

억지로 감정을 억누르면서 티 내지 않았을 뿐이지, 그 철가면을 쓴 남자가 로자리오를 가져갈 때 억장이 무너지는 느낌을 받았다.

그러자 자신을 그냥 풀어준 그 남자의 가면이 떠올랐다.

"혹시 그 사람은 어디 갔는지 모르나요?"

"네? 그 남자라니요?"

"그러면 여기에 저 혼자 누워 있었나요?"

"네. 전 그래서 세리타님께 무슨 큰일이 난 줄 알고 걱정했습니다."

세리타는 오른손에 쥔 로자리오를 꽉 움켜쥐며 유적 입구 쪽을 바라보았다.

'도대체 누구지? 날 죽이지 않고 그냥 놔두고 가다니. 베아트리체님과 아는 사이 같던데……'

＊　　　＊　　　＊

그 시각, 레이지는 마차에 몸을 싣고 칼루아 왕국으로부터 멀어지는 중이었다.

원하던 것을 손에 넣었지만 그의 표정은 그리 밝지 못했다.

창밖으로 빠르게 스쳐 지나가는 경치를 보면서 그는 생각을 정리하고 있었다.

'결국 내가 잘나서가 아니라 상대의 실력이 부족했기 때문이야.'

실력에 비해 오만하고 자기 주제를 모르던 죠르제.

그저 자신의 안위만 걱정하며 모든 사실을 술술 털어놓던 볼케스.

그들은 오러 랭크 4, 마나 서클 4임에도 레이지를 당해내지 못했다. 특히 레이지의 홈그라운드인 유적 안이라는 점도 크게 작용했다.

유일하게 까다로웠던 상대는 성당기사단 소속의 세리타였지만, 그녀 혼자의 힘으로 극복될 상황은 아니었다.

'벌써 세 번째 실패라고 했지? 그러면 진짜 바보가 아닌 이상 다음부턴 제대로 된 실력자를 보낼 게 뻔해.'

만일 그의 옛 동료 수준의 실력자가 나타난다면 그가 설치했던 마나의 장벽도 무용지물이 되어버린다. 무엇보다 다른 비밀 연구소가 설치된 지역은 지금의 레이지 혼자 힘으로 돌파할 곳이 못 된다.

'무엇보다 그 세리타라는 여자를 보고 나니 알 수 있었어.

듀얼 클래스라면 두 영역에서 최소 3단계 이상의 능력을 갖춰야 하는데, 지금의 난 아직 오러 랭크가 2단계에 불과해.'

오러 유저이자 홀리 유저인 성당기사단.

홀리 유저이자 매직 유저인 세이지(Sage).

각각의 능력이 3단계 이상에 올랐을 때 진정한 능력을 발휘하고 인정받는다.

'이번 경우처럼 운이 좋기만을 기대할 수 없지.'

어디까지나 타인의 방심에 의해 성공했다는 사실을 그는 잊지 않았다.

'우선 남은 비밀 연구소는 놔두기로 하고, 대신 오러 능력을 키워야 해.'

그는 아버지가 소개해 준 '스승'이 있는 곳으로 가는 중이었다.

소드 마스터 크루제이커.

레이지의 아버지 케인즈와 함께 제국 전쟁에 참여했던 자로, 전쟁 당시엔 랭크 4였지만 꾸준히 수련을 거듭한 결과 현재 케인즈를 넘어서서 랭크 6에 도달한 실력자이다.

하지만 제이워드였을 때엔 케인즈는 물론 크루제이커의 이름도 알지 못했다. 아크메이지인 그와 함께하는 이들 중 그랜드 마스터가 무려 세 명이나 있었기에 당연하다면 당연할 수 있겠지만.

'최대한 빨리 오러 랭크를 끌어올려 듀얼 클래스 워락(War

lock)이 되어야 해.'

강해졌음에도 거기에 만족하지 않고 더 위를 추구하는 욕
구가 레이지의 마음속에서 불타오르고 있었다.

6

베르시아 신성력 1393년 3월 23일.

대륙 북쪽에 위치한 성지(聖地) 바르디아.

유일신 베르시아를 섬기는 베르시아 교단의 중심지인 이
곳 바르디아엔 천 명에 달하는 성직자들이 신의 이름 아래 살
아가고 있다.

대륙에서 가장 큰 베르시아 대성당을 중심으로 십자로가
뻗어 있으며, 성지 순례를 위해 찾아오는 많은 신자들로 거리
가 붐볐다.

그 성지에서 약간 떨어진 곳에 허름한 성당 하나가 자리 잡
고 있었다. 사용 안 한 지 10년이 넘은지라 건물 주변에 잡초
들이 무성하게 자라나 있었다.

"안타깝게 되었군요."

한 여성이 성당 안에 설치된 베르시아의 성상(聖像)을 바라
보며 아쉬움을 감추지 못했다.

흰색 바탕에 검은 선으로 그려진 문양이 자리 잡은 법의는

그녀가 고위 성직자임을 나타냈다.

법의의 백색과는 대조적인 갈색 피부를 지녔지만, 약간 아래로 처진 눈매가 보는 이로 하여금 선한 이미지를 갖게 해주었다.

베아트리체 H. 그란디아.

22세의 젊은 나이에 교황 바로 다음가는 위치인 추기경(Cardinal)에 서임되어 5년 동안 그 자리를 지킨 여성.

모든 걸 포용하는 온화한 분위기와 성스러운 이미지는 길게 기른 은발과 잘 어울려 '성녀'로 추앙받기에 이르렀다. 또한 교단의 가르침을 그저 입으로만 되풀이하는 것에 머물지 않고 대륙 전쟁에 직접 참여해 길었던 전쟁을 끝내는 데 주축을 담당했다.

"임무를 제대로 마치지 못해 면목없을 따름입니다."

베아트리체와 똑같이 백색의 법의를 걸치고 있는 여성, 세리타는 굳은 표정으로 오른쪽 무릎을 꿇고 그녀의 뒤에 서 있었다.

"어쩌면 실패한 쪽이 나을지 모릅니다. 그가 남겨놓은 유산으로 강한 힘을 얻으려는 의도는 그다지 좋게 보이지 않기 때문이죠."

베아트리체는 성상을 향해 성호를 그은 뒤 세리타를 향해 돌아섰다.

"세리타 자매님, 편하게 있으세요."

"알겠습니다."

하지만 대답과 달리 세리타의 자세에는 변함이 없었다.

평소라면 조금 더 가벼운 분위기에서 둘의 이야기가 이어졌겠지만, 이번 임무에서 많은 이들이 희생되고 자신 혼자만 살아나왔다는 생각에 세리타의 표정은 경직되어 있었다.

"원래대로 가르시아님께서 파견되었다면 실패하지 않았을 텐데……. 저의 부족함만을 느낄 뿐입니다."

"자매님의 실력으로도 부족했던가요?"

"변명은 하지 않겠습니다. 대마법사 제이워드가 왜 이렇게 험난한 곳에 자신의 성과를 숨겨두었는지 혹독하게 실감했습니다."

"그런가요."

세리타의 대답을 들으며 베아트리체는 과거를 떠올렸다.

대륙 전쟁의 막바지에 달할 무렵, 그녀는 제국과의 대결에 가장 선두에 섰던 네 명과 함께했던 적이 있었다.

그중 가장 나이가 많으면서도 성격 면에서 가장 대하기 힘들었던 이가 바로 제이워드 M. 만델이었다. 원래 매직 유저와 홀리 유저는 성향 그 자체만으로 대립하는 경우가 흔했지만 복수심에 불타는 그와 성격 면에서도 맞지 않았다.

하지만 그 어느 때보다 의지가 되는 동료이기도 했다.

그래서일까.

그가 죽었다는 소식을 접했을 때 그녀는 식음을 전폐하고

3일 동안 성상 앞에 두 무릎을 꿇고 그를 위한 기도를 올렸다.

"그의 유산은 진정한 그의 후계자가 나타났을 때를 대비해 보존해야 합니다. 물론 그렇다고 죽은 이들에 대해 애석함을 느끼지 않는 건 결코 아닙니다."

베아트리체는 자칭 제이워드의 유일한 제자라는 칸나에 대해 그리 좋게 생각하지 않았다.

과거 제국 전쟁에 참여했던 시절, 제이워드가 제자에 대해 이야기를 할 때엔 마치 전투에 임할 때처럼 공격적이 되기 일쑤였다.

간단히 말해 칸나에 대한 제이워드의 평은 '망할 년' 그 자체였다. 그 이후 다시는 제자 따위 두지 않겠다며 눈썹 사이를 찡그리던 제이워드의 생전 모습이 그녀의 눈앞에 아른거렸다.

"제이워드라, 그리운 이름이네요."

"추기경님께선 예전 그와 함께 전쟁에 참여하셨다고 들었습니다만."

"네, 자매님의 말대로 그와 함께 제국과 맞서 싸웠습니다."

제이워드는 제국의 멸망 그 자체에 모든 힘을 쏟아부었다.

용서를 근간으로 삼는 베르시아의 가르침을 따르는 그녀로서는 그를 이해하기 힘들었다. 그럼에도 그가 그리웠고 보고 싶었다.

베아트리체는 성호를 그으며 이미 수백 번이 넘게 반복해 온 그에 대한 기도문을 짧게 읊었다. 그리고 세리타에게 손을 내밀며 일어서도록 했다.

"자매님, 이번 임무에 실패한 이유가 스스로의 부족함 때문이라고 하셨죠?"

"네, 그렇습니다."

"진짜 자매님 혼자만의 부족함 때문인가요?"

세리타는 순간 당혹감을 감추지 못하고 시선을 한곳에 둘 수 없었다.

"자매님의 표정에 망설임이 느껴져요."

"죄송합니다. 일부러 숨기려고 했던 것은 아닙니다."

세리타는 다시 무릎을 꿇으려고 했으나 베아트리체가 두 손으로 그녀의 어깨를 붙들고선 고개를 가로저었다.

"저에게 속죄하실 필요는 없습니다. 단지 사실을 말씀해 주시기만 하면 됩니다."

"누군가의 방해를 받았습니다."

"누군가의?"

"얼굴을 가면으로 가리고 있어서 누구인지 알 수 없었습니다. 확실한 것은 상당한 수준의 마법을 구사했습니다. 마법진까지 구현하면서 저와 일행들을 방해했습니다."

마법진이라는 말에 베아트리체는 두 눈을 깜박이며 세리타를 바라보았다.

'서클 5 이상의 마법을 시전할 때 마법진이 구현된다고 알고 있는데…… 그렇다면 위저드 급의 매직 유저일까?

"게다가 오러까지 구현했습니다."

순간 베아트리체는 자신의 귀를 의심했다. 하지만 세리타의 표정에는 일체의 거짓이 없었다.

"그렇다면 설마 듀얼 클래스입니까?"

"그것까진 잘 모르겠습니다."

제국 전쟁에 참여해 원하든 원치 않든 간에 매직 유저와의 교류가 잦았던 베아트리체와 달리 세리타는 아직 매직 유저들과의 만남 자체가 극히 적었다.

"또 한 가지 알리지 않은 사실이 있습니다. 그 남자는 어떤 이유에서인지 모르겠지만 베아트리체님을 알고 있는 느낌이었습니다."

"그렇습니까?"

"혹시 추기경님께 누가 될지 모른다고 생각해 입을 다물었습니다. 죄송할 따름입니다."

베아트리체가 알고 있는, 서클 5 이상의 매직 유저는 극히 드물었다. 가장 먼저 떠오르는 이름이 있었지만 이미 고인이 된 사람인지라 살짝 두 눈을 감았다.

"자매님, 이번 일로 희생된 이들을 위해서라도 그 자의 존재를 숨기는 것은 안 될 일입니다. 지금이라도 추가 보고서를 올리고 참회 기도를 하시길 바랍니다."

"면목없습니다."

"물론 저를 생각해서 그러신 것은 잘 알고 있습니다. 하지만 가르시아님의 건처럼 베르시아님의 이름 앞에 숨기는 것은 없어야 합니다."

가르시아라는 이름에 세리타는 침울한 얼굴로 고개를 숙였다.

"여전히 투옥되어 계십니까?"

"저로서도 어쩔 수 없었답니다. 베르시아님의 가호가 그를 버리지 않길 바라는 수밖에……."

베아트리체는 한때 성당기사단 내의 신진기대주로 손꼽히던 그의 몰락에 안타까운 표정을 지었다.

'나도 언젠가 가르시아님처럼 되겠지.'

성녀로 추앙받는 그녀였지만 고단 내 차기 교황 자리를 노리는 이들에겐 어린 나이에 너무 많은 것을 이룩한 방해자에 불과했다.

한 달에 한 번, 클래스 5 이상의 주교들과 추기경들이 모여서 진행하는 종교 회의에 참여할 때마다 자신을 험담하고 깎아 내리려는 자들과 한 테이블에 앉아야만 했다.

전쟁이 끝난 후의 영웅은 가치가 깎일 수밖에 없다.

아니, 깎여야만 다른 자들이 위로 올라설 수 있다.

영웅은 어디까지나 고난 속에서 빛날 뿐이지 고난이 사라진 후엔 다른 이들의 골칫거리에 불과하다.

'제이워드, 당신이 부럽군요.'

그녀는 치졸한 권력 다툼에 휘말릴 필요 없이 다른 세상으로 떠나 버린 남자의 얼굴을 되새기며 성호를 그었다.

"베르시아님이여……."

7

"또 실패라고?"

꽉 쥐어진 두 주먹이 부들부들 떨고 있었다.

"게다가 한 명 빼고 모두 전멸?"

그녀는 비서가 가지고 온 보고서를 읽고선 분노를 주체하지 못하고 표정을 일그러뜨렸다.

핏빛에 가까운 붉은 머리카락, 길게 째진 눈과 날카로운 콧날은 그녀 특유의 신경질적인 성격을 그대로 반영하고 있었다.

"벌써 세 번째라고! 게다가 이번에는 가장 무난한 곳으로 택했단 말이야! 그런데 뭐? 실패라고?"

칸나 M. 오르덴.

대마법사 제이워드 M. 만델의 유일한 제자로 기록되어 있던 그녀는 그의 사후 제이워드가 소유했던 것의 모든 권한을 물려받았다.

사실 그녀는 몇 년 전에 스승의 고된 교육 방침에 질려 스승의 물건을 훔쳐 야반도주했다. 그리고 제이워드가 죽자 유유히 모습을 드러내고선 제자로서의 권리를 당당히 요구했다.

결국 그녀는 스승이 남겨놓은 비밀 연구소를 통해 서클 5를 넘어서길 학수고대했다. 하지간 연달아 세 곳의 탐사에 실패한 것도 모자라 보냈던 제자들 중 한 명도 살아 돌아오지 못했다든 사실에 속이 탈 수밖에 없었다.

"계속 서클 5에 머무르는 것도 이젠 지긋지긋해!"

마법에 있어서 타인과 비교를 거부했던 제이워드에 비해 칸나는 여러 모로 부족했다. 마법 자체는 스승이 남겨놓은 주문식을 익히는 걸로 보충할 수 있었지만 마나량 자체를 늘리기 위해선 스승의 비밀 연구소를 통해서 빨리 올려야 했다.

"여기 너만 있는 거 아니라는 걸 기억해 주었으면 하는데……"

날이 잔뜩 선 여성의 말에 칸나는 화들짝 놀라며 제정신을 차렸다.

칸나와 똑같은 붉은 머리칼을 지닌 여성은 손톱소지용 줄로 엄지손가락을 다듬고 있었다.

"전멸이라면 죠르제도 죽었겠군."

나르디안 A. 모르올.

제이워드와 함께 크루디아 제국을 멸망시킨 다섯 명의 영웅 중 유일한 홍일점.

30대 초반의 나이임에도 불구하고 그녀의 외모는 20대 초반에 가까웠다. 그녀보다 다섯 살이나 어린 칸나보다 어려 보일 정도였다. 단 오똑하게 선 콧날과 가늘게 째진 눈매에서 드러나는 날카로움은 칸나보다 훨씬 위였다.

"랭크 4의 오러 유저로도 무리였습니다. 그 이상의 실력자가 도와주지 않는 이상, 스승의 비밀 연구소를 찾아내는 건 사실상 불가능합니다."

"넌 제자가 죽었는데 슬퍼하는 기색이 조금도 없냐?"

막상 그렇게 지적하는 나르디안의 말투에도 슬픔이 조금도 섞여 있지 않았다.

'귀찮은 녀석이었는데 잘 죽었어. 속이 다 시원해.'

사실 제이워드를 습격할 당시 죠르제를 그의 곁에 붙인 건 단순한 정보 수집 차원의 이유였다.

하지만 사람에겐 딱 한 번, 엄청난 기회가 찾아온다고 했던가.

먼저 보낸 암살자들을 모두 해치우고 방심한 제이워드의 등에 그의 검이 꽂힐 줄은 상상도 못했다. 결국 평정심을 잃은 제이워드와의 두 시간이 넘는 혈전을 통해 숨통을 끊을 수 있었다.

결국 죠르제는 제이워드를 암살할 때 가장 큰 공을 세운 셈이었다.

'하지만 그게 끝이었지.'

죠르제의 운은 거기에서 끝났다.

원래 오러 랭크 4에 불과했던 그는 실질적으로 나르디안의 큰 도움이 되기 어려웠다. 계속 좁아져 가는 자신의 입지에 절망한 그는 술에 빠져 지내면서 수련에도 소홀히 했다.

결국 그는 말만 랭크 4이지 실질적으로 한 단계 내려간 랭크 3에 불과했다. 게다가 나르디안의 이름을 믿고 행패를 부리기 일쑤였다. 그녀에게 죠르제는 더 이상 존재할 가치가 없는 쓰레기에 지나지 않았다.

'제이워드에게 감사해야 하나? 그의 유산 덕분에 골치 아픈 놈을 처리했으니.'

나르디안은 엄지손가락을 입 가까이 가져가더니 훅 불었다.

"그러니 이번에는 더 강한 자들로 부탁드립니다."

"네 제자들이 무능하다는 생각은 안하고?"

칸나의 마나 서클은 5.

당연히 그녀보다 낮은 서클의 마법사들을 제자로 부릴 수밖에 없다. 물론 단 한 명 예외가 있긴 했지만 그것을 빼곤 서클 4가 한계였다.

"최소한 랭크 5 이상의 소드 마스터가 필요합니다. 죠르제 경보다 더 강한 자들이 필요합니다!"

계속된 칸나의 독촉에 나르디안의 오른쪽 눈이 살짝 찡그려졌다.

"너, 지금 한 말이 뭘 의미하는지 알고 있어?"

나르디안은 의자 위에서 일어서더니 그 자리에 칸나를 억지로 눌러 앉혔다.

"돌아가신 네 스승의 동료라는 이유로 후원인의 자격에 설수 있었지. 하지만 모국이 각자 다른 이상, 너무 과한 지원은 주변의 시선을 끌 수 있다고. 안 그래?"

"하, 하지만 더 높은 수준의 오러 유저가 아니라면……."

"착각하지 마. 넌 나에게 어디까지나 '부탁'을 할 수 있는 입장이지 강요할 수 없다는 걸 잊은 건 아니겠지?"

나르디안은 손톱을 갈던 줄로 칸나의 뺨을 툭툭 건드렸다. 이에 칸나의 얼굴에 불만이 살짝 표출되었다.

"고개 들어."

찰싹!

공기를 가르는 소리와 함께 칸나의 고개가 왼쪽으로 돌아갔다. 나르디안은 왼손으로 그녀의 고개를 정면으로 돌려놓은 뒤 연달아 따귀를 갈겼다.

"다 네가 변변치 않아서 일어나는 일이잖아. 안 그래?"

"마, 맞습니다."

"그러면서 주제를 모르고 설치면 되나?"

계속해서 뺨을 때리는 소리가 이어졌다.

칸나의 양 볼은 벌겋게 달아오른 지 오래였다. 그녀는 아랫

입술을 꽉 깨물며 터져 나오려는 눈물을 억지로 참았다.

"당장에라도 쓰러질 것 같았던 마탑을 빌려 빈곤하게 살아가던 널 찾아온 사람이 누구지?"

"나, 나르디안 경입니다."

"네가 제이워드의 유일한 제자임을 증명하기 위한 후원자로 나선 사람이 누구지?"

"나… 나르디안 경입니다."

칸나는 울먹이는 목소리로 같은 대답을 반복했다.

"뭐, 나도 제이워드의 유산을 그렇게 쉬운 방법으로 얻을 수 있다고는 생각하지 않았어. 하지만 너의 역량을 조금 믿어본 거지."

나르디안은 차가운 미소를 짓더니 문 쪽으로 걸어갔다.

열린 문을 통해 그녀보다 머리 하나 정도 큰 거구의 남자가 모습을 드러냈다.

"베른, 부탁할게요."

"…알겠다."

베른 A. 올가스.

나르디안과 함께 다섯 영웅 중 하나인 그랜드 마스터.

그는 무뚝뚝한 표정으로 고개를 끄덕인 뒤 모습을 감추었다.

"자, 네가 원하는 대로 그랜드 마스터를 보내줄게. 다음 탐사부터 참여할 거야. 이제 되었어?"

"가, 감사합니다!"

소드 마스터를 능가하는 그랜드 마스터가 도와준다는 말에 칸나는 의자에서 내려오더니 두 무릎을 꿇고 고개를 조아렸다.

"단, 그만큼 계약 조건은 나에게 유리해진다는 것만은 명심해 둬.

"당연합니다!"

"그러면 새 일정 잡히는 대로 연락하도록 해."

나르디안은 발끝으로 칸나의 머리를 툭툭 건드린 뒤 방 밖으로 나갔다.

그녀의 발걸음 소리가 멀어지는 걸 확인한 칸나는 엎드린 체 부들부들 떨었다.

"갔지?"

칸나의 비서 고든은 열린 방문으로 얼굴을 쑥 내민 뒤 그녀가 아래층으로 내려갔음을 확인했다.

"네."

"제길, 이게 뭐야. 이게 뭐냐고!"

칸나는 마구 고함을 지르며 책상 쪽으로 달려갔다. 그리고 그 위에 있던 물건들을 잡히는 대로 집어 들고 마구 내던졌다.

"스승이나 그 동료 놈들이나 다 똑같아! 날 무시하고, 멸시하고!"

던져진 마법서가 커튼에 휘말렸고 유리가 깨지는 소리와 함께 창문을 뚫고 잉크병이 아래로 떨어졌다.

"그랜드 마스터가 그렇게 대수야? 날 그렇게 대해도 되는 거야?"

방 안이 엉망진창이 되었음에도 칸나의 분노는 조금도 풀리지 않았다. 의자를 집어들고 창문 밖으로 내던지려는 그녀를 비서가 붙들고 고개를 가로저었다.

"아직 그 두 사람이 저택 밖으로 나가지 않았습니다. 혹시라도 들키면 그냥 넘어가지 않을 겁니다."

"그, 그래. 그렇지."

그녀는 애써 화를 억누르면서 소파에 몸을 기대었다.

"원래 나르디안은 고약한 성격으로 악명이 높습니다. 칸나님이 참으시길 바랍니다."

"그래, 그래야겠지. 역시 너밖에 없어, 고든."

칸나는 제이워드의 마법을 가르쳐 준다는 이유로 많은 제자들을 거두었다. 그리고 마구 부려먹은 뒤 필요없다고 판단하면 가차없이 파문시켰다. 그런 그녀의 방침에도 끝까지 남아 있는 소수의 제자 중 한 명이 바로 고든 M. 노먼이었다.

30대 중반의 나이이며 스승인 칸나와 같은 서클 5의 매직 유저이지만 제자로 있는 이유는 너무나 간단했다. 그녀가 거느리는 많은 제자들과 마찬가지로 제이워드의 마법을 노리고 자진해서 제자가 되었다.

"그건 다 그 망할 놈 때문이야."

교단에서 보내준 보고서에 따르면, 정체불명의 괴한이 탐사가 진행되는 내내 방해 공작을 폈다고 서술되어 있었다.

물론 제이워드의 제자로 인정받은 칸나가 있기에 그의 유산을 표면적으로 노릴 자들은 없다. 대신 이렇게 뒷공작으로 노리는 이들 정도야 당연히 생길 수 있다는 판단을 칸나는 내렸다.

"고든. 현재 대륙에 존재하는 마법사들의 목록을 정리해 오도록 해."

"시간이 꽤 걸릴지도 모릅니다."

"유일한 생존자, 성당기사단 제3조 조장인 세리타의 보고에 따르면 그 괴한은 마법진을 구사했다고 했어. 서클 5 이상의 매직 유저임이 분명해."

"하지만 오러도 구사했다고 했습니다."

"그러면 그놈이 워락이라도 된단 말이야?"

워락(Warlock).

원래 의미는 사악한 마법사를 의미하지만, 오러와 마법 두 가지를 수준급으로 구사했던 대마법사 '안드레아'의 등장 이후 그의 별명이기도 했다.

그 뒤로 오러와 마법 두 가지 분야를 구사할 수 있는 자들을 지칭하는 의미가 되었다.

하지만 100년이 넘도록 마지막 워락 페르젤리스 W. 토르제인 이후로 단 한 명도 등장하지 않았다.

"분명히 자신의 정체를 감추기 위해 속임수를 썼을 게 분명해."

"그럴 가능성도 높습니다."

고든은 칸나의 의견에 굳이 반박하지 않았다.

그렇게 대응해야 나르디안에 비해 틑할 뿐이지 까다롭고 고집스러운 그녀의 옆에 있는 게 가능하다.

"제이워드의 것은 내 것이야. 그 누구에게도 양보할 수 없어. 유일한 제자인 나의 것이라고!"

그녀는 눈을 치켜들고 벽에 걸려 있는 제이워드의 초상화를 노려보았다. 남의 이목을 의식해 보는 것만으로도 지긋지긋함에도 일부러 걸어놓은 것이었다.

"나도 될 수 있다고, 그깟 아크게이지……."

Chapter 17
괴검(怪劍) 크루제이커

1

베르시아 신성력 1388년 4월 15일.

백여 척의 거대한 선단이 넓은 바다를 가로지르며 전진하고 있었다.

각자 다른 국가의 깃발을 달고 있었지만, 2만 명에 달하는 병력은 공통된 하나의 목표를 지니고 있었다.

그것은 크루디아 제국의 멸망.

보르가이나 공성전을 승리로 이끈 반(反)제국 연합국은 그 기세를 이어 정예 병력만을 선발해 제국의 뒤통수를 치기로 결정했다. 제국의 병력이 집중되어 있는 육로 대신 해로를 택해 후위를 공략한다는 전략에 따라 3개월 동안 선박을 건조했고, 2개월에 걸친 대항해가 시작되었다.

「…….」

가장 앞서 나가는 배의 선두에 한 남자가 홀로 서 있었다.

갈색의 로브를 걸치고 있는 그의 검은색 머리카락이 바람에 휘날렸다. 소금기가 잔뜩 섞여 있는 바닷바람이 이젠 익숙해진 듯 크게 숨을 들이마시며 바닷내음을 즐겼다.

10대 후반에 참여했던 전쟁은 그가 40대에 이르러서야 슬슬 끝날 기미를 보였다. 물론 이번 작전이 성공한다는 가정하에 말이다.

「데릭, 너도 함께 왔어야 했는데…….」

제이워드는 다시는 만날 수 없는 곳으로 떠나간 전우를 떠올리며 수평선을 바라보았다.

이곳으로 오기까지 제이워드와 그의 동료들은 험난한 시련을 거쳐야 했고, 일부는 그와 다른 길을 가버렸다.

그와 같은 매직 유저인 엘레노어 M. 메이오르는 사적인 이유로 그의 곁을 떠났고, 베르시아 교단에서 파견된 성당기사단의 부단장 데릭 T. 하이젤부르크는 암흑기사단과의 처절한 혈투 끝에 장렬히 전사했다.

그에게 있어서 전우가 죽는 일이야 항상 있어왔던 일이지만 묵묵히 선두에 서서 싸우던 그의 존재가 없다는 게 허망할 따름이었다.

「혹시 엘레노어님 생각하는 건가?」

「프레드릭?」

제이워드가 뒤를 돌아보자 짧게 자른 갈색 머리카락의 남자가 서 있었다.

프레드릭 A. 테일런.

제이워드보다 열 살 어린 그는 일행 중 유일하게 오러 랭크 7에 도달한 그랜드 마스터.

평소에 제이워드와 티격태격하는 사이였지만, 엘레노어라는 이름을 꺼낼 때의 표정은 안쓰러웠다.

「엘레노어와 난 그런 사이 아니었어.」

「넌 그럴지 몰라도 엘레노어님은 아니었다고 생각하는데?」

태연하게 그녀의 이름을 꺼내는 제이워드가 프레드릭은 못마땅하기만 했다. 하지만 제이워드는 코웃음을 치며 오른손 검지를 내밀며 프레드릭을 가리켰다.

「난 말이지, 최소한 너에게만큼은 여자에 대해 한 소리 듣는 걸 용납할 수 없어. 무슨 의미인지 잘 알겠지?」

「…….」

30대에 들어서긴 했지만, 수려한 외모를 지닌 프레드릭은 가는 곳마다 여성들의 마음을 빼앗기 일쑤였다. 보르가이나 성 공성전을 마친 이후 그에게 홀딱 반한 도른 왕국의 공주가 그를 붙잡는 바람에 모두 진땀을 흘려야 했다.

「난 최소한 나에게 접근해 온 여자들한테 분명히 말했어. 난 여자를 사귀고 어쩌고 할 상황이 아니니 신경 꺼달라고. 하지만 넌 그것도 아니잖아? 매번 여자에게 쓸데없는 미련을 가지게 만들고 말이야.」

제이워드의 경우 이상하게도 사이가 안 좋은 여성들의 관심을 끌었다. 그와 싸운 뒤엔 도리어 호감을 지니게 되는 특이한 케이스였다.

「여기에 있었어?」

제이워드의 동료인 소드 마스터 나르디안과 베르시아 교단의 성직자 베아트리체가 두 남자를 향해 걸어왔다.

「베른은?」

「뱃멀미 때문에 누워 있더군. 그 녀석, 덩치에 어울리지 않게 이런 부분에선 의외로 약하단 말이야.」

거대한 덩치의 남자가 끙끙거리며 침대 위에 누워 있는 걸 상상하자 제이워드의 입에 저절로 미소가 떠올랐다.

「이제 이 지겨운 항해도 3일밖에 안 남았지?」

나르디안은 붉은색 머리카락을 어깨 너머로 젖히며 바다를 바라보았다.

2개월 동안 진행된 항해 내내 보존식으로 식사를 때워야 했고, 거친 파도 때문에 배가 뒤집혀질까 전전긍긍하기도 했다.

하지만 가장 큰 고난은 다름 아닌 뱃멀미였다.

다들 배는 처음 타보는지라 한동안 뱃멀미에 고생을 했다. 제이워드의 경우 배 위를 거닐 때 항상 공중에 살짝 떠 있는 부유 마법을 걸고 있는 지라 뱃멀미 자체를 겪지 않았다. 심지어는 자고 있을 때조차 떠 있었다.

「그동안 아무 일도 없었던 것이 참으로 다행입니다. 베르시아님의 가호가 내린 덕분입니다.」

데릭의 전사 이후 교단에서 새로 파견된 성직자 베아트리체는 성호를 그은 뒤 두 손을 모아 기도를 했다.

매번 저렇게 신의 이름을 들먹이는 그녀가 제이워드는 영 맘에 안 들었다. 한마디 쏘아줄까 생각했지만 의미없이 반복되는 논쟁이 시작될 거 같아서 얼굴을 살짝 찡그릴 뿐이었다.

그녀의 얼굴 자체를 보는 것만으로도 짜증이 일어날 것 같았던 제이워드는 바다 쪽으로 시선을 돌렸다. 그리고 뭔가 수평선에 희미하게 무언가가 보이자, 눈에 마법을 걸어 시력을 증폭시켰다.

「뭔가 다가오는군.」

「보이긴 보여?」

시간이 지나가면서 그의 시야가 계속 증폭되었다. 그리고 입술 끝을 살짝 올리며 비열한 미소를 지었다.

「이봐, 성직자 아가씨. 베르시아님의 가호도 이제 끝난 거 같은데?」

「네?」

제이워드의 눈에 선명하게 들어온 깃발의 문양은 그가 항상 피에 물들여 땅바닥에 떨어뜨렸던 그 문양이었다.

「크루디아 제국의 깃발이다.」

「!」

「대충 150척 정도 되어 보이는군. 단단히 각오하고 온 모양인데?」

태평스럽게 이야기하는 제이워드와 달리 다른 일행들의 표정이 순식간에 굳어버렸다. 프레드릭은 크게 고함을 치며 갑판 청소를 하던 선원을 불렀다.

「제국 선박이 다가온다! 네일 제독을 불러와라!」

제국이라는 단어에 선원들은 크게 놀라며 우왕좌왕거렸다. 유독 제이워드만 회심의 미소를 지으며 제국군의 출현을 반겼다.

「새로 익힌 마법을 시험해 볼 좋은 기회로군.」

다른 이들에겐 배 위에서의 지겨운 2개월이 그에겐 마법을 홀로 연구하기에 최적의 시간이었다.

「다들 잘 보고 있으라고.」

제이워드는 룬 문자로 주문을 읊기 시작했다. 손으로 수인을 그리면서, 동시에 머릿속으로 룬 문자를 나열하는 그의 위로 거대한 마법진 세 개가 순차적으로 내려왔다.

주문을 모두 마친 제이워드는 오른손을 들더니 손가락을

부딪쳐 '딱' 하는 소리를 냈다. 그러자 그의 머리 위로 불타오르는 거대한 새가 나타나 날갯짓을 했다. 갑작스런 적의 등장으로 혼란에 빠졌던 선원들은 일제히 제자리에 멈춰 서더니 제이워드가 시전한 마법을 보며 멍하니 서 있을 뿐이었다.

「모든 것을 불태워 정화시키는 불사조(不死鳥), 피닉스여!」

*   *   *

"으윽……."

꿈에서 깨어난 레이지의 입에서 신음이 흘러나왔다.

그는 선원용 해먹에서 비틀거리며 내려온 뒤에 배낭에서 보라색 포션을 꺼내 마개를 열고 들이켰다.

배를 탈 것을 대비해 미리 만들어놓은 뱃멀미 방지용 포션이었다. 하지만 지속 시간이 들쑥날쑥이라 어제처럼 자다가 구역질을 느끼고 마시곤 했다.

침실 안에는 그 말고도 해먹 위에서 곤히 잠들어 있는 선원들의 코고는 소리가 뒤섞여 크게 울렸다. 뱃멀미와 코고는 소리 때문에 잠이 확 날아난 레이지는 문을 열고 계단 위로 올라갔다.

갑판에 올라선 레이지는 고개를 들어 하늘을 바라보았다. 짙은 어둠 속에서 떠 있는 달과 별들이 두 눈에 선명하게 들어왔다.

포션의 효과인지, 아니면 시원한 바닷바람 덕분인지 그를 괴롭히던 구역질은 어느새 멈추었다.

'그때 이후로 오래간만에 배를 타보는 거 같아. 5년 만인가?'

그때엔 넘쳐나는 마나를 이용해 항상 부유 마법을 걸고 다닌 덕분에 뱃멀미는 단 한 번도 겪지 못했다. 막상 그때보다 육체적으로 훨씬 강해진 지금 뱃멀미가 이렇게 혹독한 고통과 수난이라는 걸 절실히 느낀다는 사실이 아이러니할 뿐이었다.

'다들 내가 죽은 줄 알고 있겠지. 어떻게 지내고 있을까?'

제이워드였을 때의 자신을 죽인 나르디안을 제외한 나머지 세 명을 떠올렸다.

가장 많이 다투었음에도 가장 친하기도 했던 프레드릭.

프레드릭 정도는 아니었지만 홀리 유저라는 속성 때문에 그와 대립하긴 했어도, 어린 나이에 추기경이라는 고위직에 오른 탓에 압박감에 시달렸던 베아트리체.

거의 말이 없었지만 묵묵히 자신의 임무에 충실했던 베른.

지금이라도 자신은 죽지 않고 새 육체로 다시 살아났다고 그들에게 알리고 싶었다. 하지만 동료였던 나르디안에게 죽은 뒤에 그 누구도 쉽게 믿을 수 없었다. 생사를 같이했던 그들에게도 자신의 존재를 숨겨야 한다는 사실에 다소 낙담했지만 이내 생각을 바꾸었다.

'우선 지금의 나를 강하게 만드는 일에 집중하자. 더 이상 제이워드였을 때의 추억에 매달리면 안 돼.'

한창 전성기를 누리던 시절의 꿈이 요즘 들어 반복되는 건 아마 그때의 강함을 그리워하는 무의식이 반영되어서라고 판단했다.

그때 강했던 것은 지금과 하등 상관이 없다. 오히려 그때를 그리워하기만 해서는 안 된다. 오러와 마법 둘 다 쓸 수 있는 지금의 장점을 살려서 과거의 자신을 넘어서야 한다.

그렇게 결심한 레이지는 자신도 모르게 배 난간을 움켜쥐고 있는 양손에 힘이 잔뜩 들어갔다.

2

베르시아 신성력 1393년 4월 1일.

드루기아의 유적을 떠나 열흘 넘게 마차를 타고 이동한 레이지는 다르한 항구에 도착했다.

비록 마나를 되찾아 서클을 올리긴 했어도 혼자서 다른 비밀 연구소를 찾아내기엔 부족하다는 판단하에 그는 아버지가 소개해 준 오러 스승을 찾아 엘번 섬으로 향하기로 했다.

문제는 엘번 섬에 가장 가까운 다르한 항구에 도착했지만 엘번 섬에 따로 가는 선박이 없었다. 애초에 엘번 섬은 무인도인지라 정기적으로 오가는 인원 자체가 거의 없었고, 관광 목적으로 엘번 섬을 방문하는 이는 더더욱 없었기 때문이다.

　결국 레이지는 엘번 섬 근처를 지나 물건을 배송하는 수송선에 부탁하여 배를 얻어탈 수 있었다. 물론 따로 객실용 방이 없어서 선원실을 써야 했지만.

　"어이, 도련님. 오늘 내로 엘번 섬에 도착할 거 같구먼."

　"그래?"

　수송선 케롤린호의 선장 발락의 말에 레이지의 표정이 밝아졌다.

　"배는 처음 타보는 거라고 했지? 대부분 이쯤 되면 뱃멀미 때문에 거의 기어다니다시피 하는데… 뱃멀미에 강한가 봐?"

　"그냥 미리 대비해서 그런 것뿐이야."

　레이지가 굳이 자신의 신분을 밝히지 않았지만, 귀족 특유의 분위기를 파악한 선원들은 그가 보통 가문 출신이 아닐 거라고 짐작하고 있었다. 하지만 이런 곳에서까지 굳이 귀족 대접을 받고 싶지 않았던 레이지는 편하게 대해달라고 했고, 결국 그를 부르는 호칭은 도련님으로 굳어져 버렸다.

　"스승을 찾아 엘번 섬에 간다고 했었지?"

발락의 말에 레이지는 고개를 끄덕거렸다.

원래 엘번 섬 근처까지 가긴 허도 굳이 정박하지 않았지만 레이지의 끈질긴 설득에 결국 발락은 그를 엘번 섬까지 데려다 주기로 했다.

"엘번 섬이라……. 혹시 그 남자를 말하는 건가?"

"그 남자?"

"뱃사람들 사이에서 떠도는 소문이 있거든. 거대한 크라켄을 혼자서 때려잡는 괴이한 오러 유저가 있다는 이야기야."

"크라켄을?"

크라켄(Kraken).

거대한 문어의 형상을 한 몬스터로, 바다에서 곧잘 출몰한다고 알려져 있다. 다리를 제외한 몸길이만 30미터에 달하고 가늘고 긴 여덟 개의 다리는 바다 위에 떠 있는 배를 휘어감기에 충분한 길이다. 그 가늘다는 기준도 크라켄 본체에 비교하면 그렇다는 소리지 굵기가 웬만한 성인 남성의 허리 둘레에 달한다.

"크라켄이라, 흐음……."

"도련님은 본 적이 있나? 난 바다 위에서 20여 년을 보냈지만 운이 좋아서인지 한 번도 본 적이 없거든."

제국의 후방을 치기 위한 2개월에 걸친 대항해 동안 정확하게 네 번 마주친 적이 있었다. 평소에는 절대 이용하지 않을 해로로 이동해서 '네 번'이나 마주쳤지만 당시의 제이워드에겐 절대 위협적이지 못했다.

　오히려 부족할지도 모르는 식량을 해결해 준 귀중한 은인이기도 했다. 제이워드의 서클 7 마법 한 방에 통구이가 된 크라켄의 다리만 잘라서 선원들과 해병들이 즐겁게 나누어먹었기 때문이다. 막상 제이워드 본인은 꺼려하면서 끝내 먹기를 거부했지만.

　"나름 별미라고 하는데, 먹어본 적이 없어서 잘 모르겠어. 도련님은 귀족이니 한 번쯤은 먹어봤겠지?"

　"글쎄? 그냥 문어라면 몰라도 그런 걸 먹고 싶어할까?"

　해산물 자체를 꺼리지는 않았지만 이상하게 문어만은 보는 것조차 꺼려졌다. 한 번 먹어보려고 요리된 문어를 주문시킨 적도 있었지만 결국 포기하고 다른 요리로 바꿔야 했다.

　"그래서 그런지 그 남자의 별명이 크라켄 슬레이어(Kraken Slayer)라고 하더군. 얼마나 강한 남자일지 상상조차 안 돼."

　"크라켄 슬레이어?"

　막강한 위력을 지닌 몬스터를 혼자, 혹은 열 명 미만의 인원으로 해치운 자들에게 슬레이어란 칭호가 부여된다.

　그중 으뜸은 당연히 드래곤 슬레이어(Dragon Slayer).

　사실상 슬레이어는 대부분 이 드래곤 슬레이어를 지칭한다.

　'드래곤 슬레이어도 아니고 크라켄 슬레이어? 칭찬하는 건

지 욕하는 건지 잘 모르겠군.'

물론 드래곤에 비하면 한참 밀리지만 현재 출몰하는 몬스터 중에 크라켄이 상위권에 속한다는 건 부정할 수 없는 사실이다.

그래도 뭔가 폼이 안 났다. 역사서에 묘사된 드래곤의 형상은 보는 것만으로도 위압감을 느끼게 하며 그런 드래곤과 필사적으로 싸우는 옛 영웅들의 이야기는 한 편의 대서사시다.

'그에 반하면 크라켄은 좀⋯⋯.'

그런 크라켄을 잡고서 슬레이어라고 불린다니.

'그 사람이 그 사람은 아니겠지. 설마.'

그의 스승이 될지 모르는 남자의 이름이 떠올랐지만 고개를 가로저으며 뇌리에서 날려 버렸다.

'설마 오러 랭크 6이나 되는 남자가 고작 크라켄 따위를 때려잡으며 소일하지는 않겠지.'

레이지는 오른손으로 턱을 매만지며 생각에 잠겨 있었다.

그럼에도 발락의 말은 계속 이어졌다.

"돌아가신 내 아버지가 크라켄을 생전에 딱 한 번 본 적이 있다고 했지. 배 아래에 거대한 그림자가 나타나더니 갑자기 물길이 위로 치솟으면서 엄청난 두께의 문어다리 여덟 개가 바다 속에서 튀어나왔다고 하더군. 사람 얼굴 크기만 한 빨판이 무수히 자리 잡고 있는 그 다리는 한 번 보면 절대 잊을 수 없었데. 결국 배는 대파되고 선원들은 근처 섬으로 헤엄쳐 살아날 수 있었지만, 그때의 공포 때문인지 아버지는 그후 문어라면 치를 떠셨지. 문어, 참 맛있는데 말이야……."

계속되는 문어 타령에 질린 레이지는 시선을 아래로 돌렸다.

그리고 표정이 확 바뀌었다.

"그림자라면, 지금 저기에 보이는 거?"

"응?"

레이지는 말없이 오른손으로 바다를 가리켰다.

발락의 입에 물려 있던 담배 파이프가 아래로 툭 떨어지더니 바닷물 속으로 사라졌다.

"하, 하하, 하하하……. 설마 크라켄은 아닐 거야. 이 부근에서 크라켄은 단 한 번도 만난 적이 없었거든. 그, 그래! 고래 같은 게 아닐까?"

"……."

레이지는 말없이 마나 증폭용 장갑을 꺼내 양손에 끼었다.

'역시 서클 4로 올려주진 못하는군.'

서클 1이나 2였을 때엔 이 장갑만으로도 서클이 한 단계 올라갔지만, 일정 마나량을 늘려주는 기능이기에 서클 3에서 4로 올라가기엔 많이 부족했다. 다른 마나 증폭용 아이템도 있긴 했지만, 중복해서 올려주는 것이 아니기에 꺼내길 포기했다.

"하하, 고래일 거야. 너무 겁먹지 말라고."

"어이, 누구 없어! 큰일났다고!"

"하하, 레이지. 왜 그렇게 호들갑이야? 고래 본 적 없지? 고래 물 뿜는 건 한 번쯤 봐야 해. 엄청나게 장관이라고."

"젠장! 정신차리라고, 발락!"

보다못한 레이지는 발락의 멱살을 붙잡아 들어 올렸다.

그 순간, 배 양옆으로 거대한 물줄기가 솟아오르면서 길고 두꺼운 두 개의 다리가 모습을 드러냈다.

"크라켄이다!"

3

"으아아악!"

"사, 살려줘!"

유달리 오늘따라 하늘은 쾌청하고 파도 하나 없는 잔잔한 바다였다.

하지만 케롤린호의 선원들은 그 어떤 파도나 폭풍보다 더한 공포에 떨며 갑판 위에서 나뒹굴고 있었다.

"으아아! 나, 나 좀 붙잡아 줘!"

선원 중 한 명이 돛대 끝에 매달려 마구 비명을 지르고 있었다. 하지만 나머지 선원들은 마구 흔들리는 갑판 위에서 떼굴떼굴 구를 뿐이었다. 결국 그를 붙잡아준 것은 크라켄의 긴

다리였다.

"어, 어머니이이!"

그는 외마디 비명을 지르며 바닷속으로 빨려 들어갔다.

레이지는 간신히 균형을 잡고서 선체를 휘감고 있는 크라켄의 다리 수를 하나씩 세고 있었다.

'다섯… 그리고 여섯. 나머지 두 개는 아직 바다 속에 있겠지.'

레이지는 혹시나 예상하지 못하는 방향에서 튀어나올 크라켄의 다리 수를 예측한 뒤 검집에서 검을 뽑았다. 그리고 오러에 휘감긴 검을 돛대를 휘감고 있는 다리를 향해 휘둘렀다.

"윽!"

하지만 검을 쥔 채로 튕겨져 뒤로 밀려났다.

크라켄의 두껍고 질긴 피부에 랭크 2의 오러는 통용되지 않았다.

'젠장, 오러가 통하지 않다니. 그렇다면!'

레이지는 아래위로 멈추지 않고 흔들리는 갑판 위에서 주문을 외웠다. 워낙 긴장한 탓인지 메스꺼움은 조금도 느끼지 못했다.

그는 검집 안에 검을 도로 집어넣고 왼손을 펴서 앞으로 내민 뒤 직선 형태의 불길을 발사했다. 워낙 다리가 두꺼운지라 흔들리는 시야 속에서도 쉽게 맞출 수 있었다.

불길에 휩싸인 크라켄의 다리가 위아래로 크게 요동쳤다. 레이지의 손바닥에서 나온 불길이 계속 뿜어지자 뜨거움을 이기지 못하고 바닷물 속으로 도로 들어갔다. 원래 있던 자리에는 왠지 구수한 냄새가 대신 감돌고 있었다.

'좋아! 역시 서클이 한 단계 올라간 보람이 있어!'

같은 마법이라도 위력 자체가 향상된 것을 레이지는 체감했다. 화염구처럼 단발성이 아니라 계속 마나를 부여해야 유지되는 마법을 구현하는 데에도 부담이 훨씬 덜했다.

하지만 아직 다섯 개의 다리가 남아 있다. 특히 갑판을 뚫고 아래로 꾸물꾸물 내려가는 저 다리는 최우선적으로 처리해야 한다.

레이지는 자신을 노리고 빠르게 뻗어오는 다리 하나를 옆으로 뒹굴면서 피한 뒤 양손을 앞으로 내밀며 바람을 일으켰다. 다리 표면에 미세한 상처가 우후죽순으로 생기더니 동시에 피가 터져 나와 갑판 위에 뿌려졌다.

고통 때문에 발광하는 크라켄의 다리 한쪽이 갑판 위를 쑥대밭으로 만들기 시작했다. 선원들은 공포에 질려 머리를 감싸쥐고 웅크리고 있거나 뭔가에 홀린 듯 기도문만 중얼중얼 외우고 있었다. 레이지 혼자만이 냉정함을 유지하며 공격을 요리조리 피했다.

'하나씩 공격했다간 끝이 없을 거야. 몬스터 주제에 제법 머리를 쓰는데?'

불로 그을려 버리면 재빠르게 바닷물 속으로 숨어서 열을 식히고 피부가 갈가리 찢기면 다친 부위를 접어서 보호했다. 무엇보다 레이지를 제외한 다른 사람들이 전혀 위협이 되지 못한다는 걸 금새 파악하고 레이지만 집중적으로 노렸다.

'하지만 나에게도 방법은 있지!'

레이지는 시야가 급격히 흔들릴 때를 노려 높이 뛰어올랐다. 그를 노리던 다리 하나가 아래에서 재빠르게 지나갔고 그 다리를 발판 삼아 더 높이 뛰어올랐다.

그 상태에서 미리 시전을 마친 부유 마법을 구현하며 공중에 떠 있었다. 그러자 동시에 네 개의 다리가 각기 다른 방향에서 그를 노리고 뻗어왔다.

'지금이다!'

그는 시전했던 부유 마법을 취소하고 아래로 휙 떨어졌다. 물론 착지하기 전 다시 마법을 걸어 안전히 갑판 위로 내려왔고 목표물이 사라진 크라켄의 네 다리가 서로 뒤엉키면서 우왕좌왕거렸다.

"디 카스(얼어붙어라)!"

그는 양손을 좌우로 넓게 뻗었다. 그러자 배 오른쪽과 왼쪽에서 물길이 치솟아 오르더니 크게 곡선을 그으며 허공에서 뒤엉켜 있는 크라켄의 다리들을 향해 발사되었다. 그와 동시에 빠른 속도로 얼어붙었다.

쿵!

거대한 얼음 속에 갇혀 버린 다리들이 무게를 이기지 못하고 갑판 위로 떨어졌다. 그 충격에 배가 크게 흔들렸지만 레이지는 침착하게 균형을 잡으며 자세를 흐트러뜨리지 않았다.

"디 카스! 디 카스!"

레이지는 계속 같은 주문을 반복해서 읊으며 금이 가는 얼음을 도로 굳건하게 얼어붙게 만들었다.

"그동안 재미만 봤지?"

그는 두 손을 쫙 펼치더니 오른 손바닥이 위로, 왼 손바닥이 아래로 오도록 겹친 뒤 마나를 끌어모았다.

손바닥 사이에서 응집된 마나가 타원형의 얇은 형태로 변하면서 빛나기 시작했다. 레이지는 서로 뒤엉켜 얼음 속에 갇혀 있는 다리들을 응시했다.

'하지만 그냥 보고 있지만은 않겠지!'

레이지는 뒤를 휙 돌아보았다.

순간 두 개의 거대한 물줄기가 위로 튀어오르며 갑판 위에 끼얹어졌다. 아까 레이지에게 부상을 입어서 바다 속에 숨어 있는 두 개의 다리였다.

레이지는 원반 형태로 응집된 마나를 있는 힘껏 휘두르며 날려 보냈다.

"끼에에에엑!"

괴이한 비명 소리가 울려 퍼지면서 두 개의 다리가 잘려 나갔다. 그리고 힘을 잃고서 갑판 위로 툭 쓰러진 뒤 부들부들 떨었다.

"우욱……."

레이지는 자신도 모르게 구역질이 나오려는 걸 입을 막으면서 억지로 참았다. 웬만한 성인 남성의 허리 두께만 한 크라켄 다리가 잘려 나간 단면도는 매우 그로테스크했다. 특히 철철 흘러나오는 피에 갑판은 순식간에 피바다가 되었다.

그는 얼굴을 잔뜩 찡그리고서 크라켄의 잘려 나간 두 다리를 발로 걷어찼다. 그리고 정면을 바라보며 룬 문자를 읊기 시작했다.

키이이이이익!

"윽!"

하지만 바다 속에서 울려 퍼진 날카로운 소리에 레이지의 마법은 도중에 중단되었다.

두 손으로 귀를 틀어막고 비틀거리는 레이지는 거대한 무언가가 바닷물을 가르고 솟아오르는 걸 보았다.

"이, 이건……."

고개를 바짝 쳐들고 시선을 위로 올려야 보이는 머리 끝 부분.

거의 1미터는 될 법한 거대한 두 개의 눈.

해를 등에 지고서 케롤린호를 완전히 뒤덮는 그림자를 만들어낸 것은 크라켄의 거대한 본체였다.

"이, 이렇게 컸었나?"

레이지는 예상을 훨씬 넘어서는 크라켄의 본체를 보고 당황하기 시작했다.

제이워드였을 때 본 것보다 더 커 보였다.

아니, 정확히 따지면 제이워드였을 따는 멀리서 다가오는 크라켄을 마법 한 방으로 홀라당 익혀 버렸기에 이렇게 가까이서 수면과 수직으로 서 있는 경우는 처음 봤다.

'20, 30미터는 되는 거 같아. 이런 놈을 예전의 난 그냥 해치웠던 건가?

도저히 뭘 어떻게 해야 할 지 떠오르지 않았다. 다리만 나왔을 때와 달리 본체가 등장하자 뿜어내는 위압감은 보통이 아니었다.

우드드득.

"아차!"

본체의 등장에 정신이 팔린 사이 얼음 속에 갇혀 있던 다리들이 얼음을 박살 내고 자유롭게 풀려났다.

"윽!"

크라켄의 다리들이 배를 휘감더니 위아래로 마구 흔들었다. 덕분에 주문을 시전 중이던 레이지는 균형을 잃고 갑판 위를 나뒹굴었다. 아까 잘려 나간 다리에서 흘러나온 피에 범

벽이 되어 그의 몸은 붉게 변해 버렸다.

'예전 같으면 식후 운동거리도 안 되는 놈인데! 젠장!'

펠튼과의 대결에선 상대방에게 페널티를 두긴 했어도 결국 이겼다.

드루기아의 유적에서는 지형 자체를 꿰뚫고 있다는 이점과 상대방의 허술함을 틈타 원하는 것을 손에 넣을 수 있었다.

하지만 지금 그의 앞을 가로막고 있는 크라켄만은 달랐다.

제이워드였을 때와 지금과의 격차를 절실히 느끼게 해주는 큰 벽이었다.

'하지만 이대로 물고기 먹이가 될 순 없지!'

그는 돛대 뒤로 몸을 숨긴 뒤 룬 문자를 읊기 시작했다. 위 아래, 좌우로 마구 뒤흔들리는 갑판 위에서 그의 시야 역시 마구 흔들렸지만 살기 위한 집념이 고도의 집중력을 발휘했다.

주문이 끝나자 거대한 얼음의 창이 레이지의 머리 위에 형성되었다. 레이지가 오른손을 내밀자 그 방향으로 빠르게 날아간 얼음창이 크라켄의 두 눈 사이에 정확히 꽂혔다.

팅!

"젠장!"

하지만 크라켄 특유의 유연함에 얼음창은 튕겨 나가더니 바다 속에 빠져 버렸다.

"이히, 이히히히……."

그때 계속 멍하니 서 있던 발락이 이상한 웃음을 터뜨리며 레이지에게 다가왔다.

"위험하다고! 가만히 있어!"

"고래가… 크고 멋진 고래가……."

"그놈의 고래 타령 그만해!"

크라켄만큼이나 고래가 싫어지는 순간이었다.

그 사이 크라켄의 머리가 살짝 오그라들더니 두 눈 아래 뾰족하게 무언가가 튀어나왔다.

"…!"

레이지는 발락을 붙잡고 그대로 엎드렸다. 그와 동시에 새까만 먹물이 직선 형태로 빠르게 뿜어져 나왔다.

"이, 이건……."

먹물을 맞은 돛 한복판에 커다란 구멍이 뻥 뚫려 있었다. 바다 위로 뿌려진 먹물이 부글부글 끓어오르더니 이내 기운을 잃은 물고기들이 우수수 표면으로 떠올랐다.

'정정하겠어. 크라켄 슬레이어는 훌륭한 전사의 표상이야. 이렇게 흉악한 놈을 잡는 인간이라면 존경받아 마땅해!'

지금의 레이지에겐 전설 속의 드래곤보다 바다의 왕자 크라켄이 훨씬 더 위압적인 몬스터로 느껴졌다.

레이지는 여전히 정신 못 차리고 있는 발락을 발로 걷어차 멀리 밀어보낸 뒤 검을 꺼내 오른손에 쥐었다.

'소모된 마나를 회복시킬 때까지 조금이라도 시간을 벌어야 해.'

그는 오러에 휘감긴 검을 휘두르며 크라켄의 긴 다리들에 맞섰다.

하지만 그의 앞뒤, 좌우를 가리지 않고 연달아 뻗어오는 다리들을 쳐내는 것도 한계에 다다랐다.

"으윽!"

그의 손에 쥐어져 있던 검이 빙글빙글 돌면서 하늘로 치솟더니 바다 속에 풍덩 빠졌다.

손바닥의 굳은 살점들이 떨어져 나가며 장갑이 군데군데 피로 물들었다. 쓰라림 때문에 주먹을 움켜쥐는 것조차 불가능했다.

'분하지만 지금의 나로 상대하기엔 너무 버거워. 도망이라도 쳐야 할 텐데……'

하지만 어떻게 해야 도망칠 수 있는지 도저히 방안이 떠오르지 않았다.

바다로 뛰어든다 해도 수평선까지 쭉 이어진 망망대해를 헤엄쳐 도망가기도 무리였다. 더 중요한 점은 크라켄의 다리가 헤엄쳐 가는 인간들을 그냥 보고 있을 리 만무하다.

레이지가 전의를 잃어버렸다는 걸 알아챘는지, 민첩하게 움직이던 크라켄의 다리들이 천천히 꾸물거리면서 그를 향해 다가왔다.

'절대 이대로 죽을 수는 없어. 방법이 있을 거야!'

그는 남은 마나를 짜내 양손에 불길을 형성한 뒤 휘저으며 다리들을 쫓아냈다. 하지만 어느새 그가 서 있는 자리는 배의 선미였다.

"젠장!"

그는 자신을 향해 뻗어오는 다리들을 보며 어금니를 질끈 깨물었다.

그 순간, 갑자기 다리들의 움직임이 일순간 멈추었다.

'왜 멈춘 거지? 게다가 떨기까지?'

거대한 크라켄의 눈동자가 왼쪽을 바라보고 있었다.

멀리서 작은 돛단배가 바람을 받아 천천히 케롤린호를 향해 다가오고 있었다. 레이지는 돛단배에 홀로 타고 있는 사람을 바라보더니 두 눈을 크게 떴다.

'엄청난 오러의 기운이다!'

멀리 떨어져 있음에도 레이지의 피부에 와 닿을 만큼 강렬한 오러가 전해졌다. 또한 오러를 발하고 있어서인지 돛단배에 빛에 휩싸여 있었다.

레이지는 크라켄의 공격을 피하기 위해 정신없이 저항하던 터라 돛단배가 다가오는 것도 모르고 있었다.

"하아앗!"

고함 소리와 함께 돛단배에서 누군가가 뛰어올랐다.

"웃!"

레이지는 햇볕에 반사된 강렬한 빛에 두 눈을 감고 고개를 옆으로 돌렸다. 그 빛에 휘감긴 남자는 정확하게 레이지 옆에 착지했다.

"어이, 다들 무사한가?"

태연한 말투에 레이지는 두 눈을 비비며 말을 건넨 남자를 바라보았다.

"당신은 누구십니까?"

"우선 급한 일부터 처리한 뒤에 대답하도록 하지."

크라켄이 있음에도 자신만만한 태도.

구릿빛으로 그을려진 피부와 잘 단련된 근육.

레이지가 고개를 들어 올려봐야 할 만큼 큰 키와 건장한 육체.

가까이에 있으니 더욱 강하게 느껴지는 오러.

그리고 멀리서 봤을 때 반짝이던 빛의 정체는… 남자의 반짝이는 대머리였다.

4

기세등등하게 레이지를 농락하던 크라켄의 모습은 더 이상 없었다.

야수는 자신보다 강한 자를 본능적으로 알아보게 마련이다. 크라켄은 여섯 개의 다리를 거두어들이고선 눈동자를 이

리저리 마구 굴렸다.

"어이, 오래간만이야. 친구!"

'치, 친구?'

크라켄을 바라보며 호탕하게 웃는 남자의 말에 레이지는 어이가 없었다.

"호오, 이런이런. 벌써 두 다리나 잘렸네?"

그는 기운이 빠진 채 갑판 위에 널브러져 있는 두 개의 다리를 바라보고는 안쓰러운 표정을 지었다.

하지만 그것도 잠시.

그의 두 눈동자가 반짝이더니 크라켄을 응시했다.

"평상시 같으면 그냥 돌려보내겠지만 이 다리는 나에게 소유권이 없는 거 같아서 말이야."

남자는 갑판 위를 둘러보고선 여전히 겁에 질려 있는 선원들을 하나씩 살펴보더니 마지막으로 레이지를 향해 고개를 돌렸다.

"어이, 소년! 혼자서 이놈을 상대한 거야?"

"그, 그렇습니다만."

"오러는 그리 높아 보이지 않는데, 의외로 실력이 있나 본데?"

머리카락 한 올도 없는 머리와는 대조적으로 짧지만 제법 풍성하게 자라난 턱수염을 매만지며 남자는 감탄했다.

크라켄은 그가 시선을 돌린 사이 은근슬쩍 두 개의 다리를 조심스럽게 뻗어 그를 휘어감으려 했다. 하지만 그가 도로 자신을 바라보자 잽싸게 다리를 거두었다.

"평소처럼 두 개만 가져갈게. 순순히 두 다리만 내놓으면 서로 피 볼 일은 없을 거야. 아! 그렇다고 도망가지는 마. 줄 건 주고 가야지?"

케를린호와의 거리를 조금씩 벌리던 크라켄의 몸이 움찔거리며 제자리에 멈춰 섰다.

남자는 오른손으로 자신의 머리를 쓰윽 훑은 뒤 등에 비스듬히 걸쳐 메고 있던 무언가를 한 손으로 들고서 앞으로 내밀었다.

칭칭 감겨 있던 붕대를 풀어내자 날카로운 날이 태양빛에 반짝거렸다.

"이, 이거 검이 맞긴 합니까?"

검이라고 하기엔 너무나 거대했다.

자루까지 포함해서 3미터 가까이 되는 길이와 넓은 폭에 레이지는 입을 다물 수 없었다.

'나라면 두 손으로도 들어 올릴 엄두조차 안 나. 그런 걸 한 손으로 쥐다니……. 저 덩치를 감안해도 무지막지하잖아?'

그가 알고 있는 가장 큰 체격의 소유자는 베른.

하지만 그 베른보다 더 큰 키의 남자는 처음 봤다.

"저 녀석 다리가 보통 두께가 아닌지라 이거 아니면 자르기 좀 귀찮거든. 아! 하지만 이건 크라켄 다리 베는 데 주로 쓰이니 참각도(斬脚刀)라 불러줘."

그는 오른손에 쥔 참각도를 앞으로 내밀었다.

그러자 크라켄의 다리 여섯 개가 일제히 그 하나만을 노리고 뻗어왔지만, 몸에 닿자마자 튕겨 나가기만 했다.

"쯧쯧쯧, 몇 번이나 만났으면 그런 건 나에게 안 통한다는 거 알 거 아냐?"

그는 혀를 차며 검을 뒤로 젖혔다.

"하아아아아앗!"

순간 그의 전신과 참각도가 오러에 휘감기면서 강렬한 빛을 내뿜었다. 그리고 갑판 위를 빠르게 달려가더니 높이 뛰어올라 검을 아래로 휘둘렀다.

꾸에에에엑!

참각도에서 초승달 모양으로 뿜어져 나온 오러가 크라켄의 다리 두 개를 한꺼번에 베어내면서 물길이 높이 솟구쳤다. 크라켄의 고통스러운 비명 소리가 울려 퍼지면서 피가 바다 위에 흩뿌려지자 크라켄 주변이 온통 붉은색으로 변해 갔다.

갑판 위에 착지한 그는 참각도를 옆으로 돌리더니 손목만을 이용해 끝을 위로 살짝 젖혔다.

그러자 파도가 높게 치솟아 오르더니 물에 둥둥 떠 있던 잘려 나간 다리가 높이 떠올라 갑판 안으로 툭 떨어졌다.

"자, 그러면 한 달 뒤에 또 보자!"

그가 얼굴 가득 미소를 지으며 손을 흔들자 크라켄은 찍소리 못하고 천천히 바다 속으로 모습을 감추었다.

레이지는 크라켄을 손쉽게 상대하는 그를 보며 턱을 매만졌다. 경박한 말투와는 달리 건장한 육체에서 뿜어져 나오는 오러는 그의 옛 동료들을 떠올리기에 충분했다.

'프레드릭에 비할 수야 없겠지만, 아버지 케인즈와 형 케이지를 훨씬 넘어서는 오러였어. 그렇다면 설마 이 대머리 남자가?'

이 정도 되는 오러 유저가 흔하게 존재할 리 없다.

레이지는 그의 곁으로 다가가 조심스럽게 입을 열었다.

"혹시 크루제이커 경이십니까?"

"경? 그런 칭호는 붙이지 마. 닭살 돋아."

"그러면 크루제이커님이 맞으십니까?"

"그래, 내가 바로 크라켄 슬레이어 크루제이커다."

그가 당당한 태도로 자신을 소개하자 레이지의 표정이 미묘하게 변했다.

'과연 아버지가 스승으로 삼으라고 추천해 줄 인물답군.'

거대한 참각도를 한 손에 쥐고 자유자재로 휘두르는 모습하며, 비록 그랜드 마스터는 아니지만 그전 단계인 랭크 6에 조금도 부족하지 않은 오러를 지니고 있다.

하지만 갑판 위에 자리 잡은 네 개의 크라켄 다리와 햇빛에 반짝이는 크루제이커의 머리를 바라보자 작게 한숨이 나왔다.

'크라켄 슬레이어라기보단 동족학살자 아닌가…….'

＊　　　＊　　　＊

"아따, 선원들 참으로 좋아하는구먼."

"그야 죽은 줄만 알았는데 살아가니 그런 거겠죠."

작은 돛단배에 몸을 실은 레이지와 크루제이커는 고개를 뒤로 돌려 수평선 너머로 사라져 가는 케를린 호를 바라보았다.

크라켄의 등장에 베르시아님의 이름만을 부르며 벌벌 떨던 선원들은 크루제이커의 믿을 수 없는 활약에 연신 허리를 숙이며 고마워했다. 물론 선장 발락은 여전히 고래 타령을 하며 횡설수설했지만.

"난 그렇게 고래 타령하는 인간은 처음이었어. 크라켄보단 고래를 잡아줄 걸 그랬나?"

"그것보단, 왜 크라켄을 굳이 살려 보낸 겁니까?"

레이지는 자신의 바로 왼쪽에 놓여 있는 크라켄 다리를 보더니 슬쩍 거리를 벌렸다. 하지만 반대편 역시 주먹만 한 빨판이 군데군데 자리 잡은 다리가 있었기에 정면으로 시선을 고정했다.

"그야 그놈도 먹고살자고 하는 짓이잖아. 평상시 같으면 사람들을 습격하기 전에 내가 두 다리만 잘라먹고 보내주는데, 늦잠을 자버려서 말이지."

크루제이커에게 있어서 크라켄은 그냥 덩치 좀 큰 문어에 불과했다. 하지만 레이지에겐 아직도 그 다리들이 동시에 뻗어올 때의 장면이 떠올라 고개를 가로저었다.

"게다가 안 잡는 쪽이 다른 사람들에게도 좋을걸?"

"무슨 말입니까?"

"크라켄 녀석들, 사실 사람은 그렇게 많이 안 잡아먹어. 녀석들에게 사람 고기는 일종의 별미거든. 주로 잡아먹는 건 고래야."

레이지는 머릿속으로 거대한 고래를 여덟 개의 다리로 감싸고 있는 크라켄을 떠올렸다. 그리고 아까처럼 뇌리에서 지워 버렸다.

"그런데 알다시피 고래 덩치가 좀 크냐? 먹다가 배불러서 도중에 버리기 일쑤야. 개중 운 좋게 숨 붙어 있는 고래들이 바다에 떠밀려가 해안가까지 가는 경우가 있거든. 그날은 마을 축제가 벌어지지."

"아하."

"무엇보다 말이지, 예전에 통째로 서너 마리 정도 잡아봤는데, 영 쓸모가 없더라. 그 큰 덩치를 어디에 깔고 말리냐? 다리말고는 맛도 좀 부족하고."

입맛을 다시는 크루제이커를 보고 레이지는 어이없다는 표정을 지었다.

"설마 그걸 먹을 생각입니까?"

아직까지도 크라켄의 모습이 악몽처럼 떠오르는 레이지에게 먹는다는 발상은 절대 존재해서는 안 되는 일이었다.

"크라켄의 다리는 영양 만점에 무엇보다 피부에 좋거든! 피부가 탱글탱글해져. 잘 말려서 시장에 내놓으면 여자들이 금세 달려들어 사 가버리지."

"확실히 탱글탱글해지는 느낌 같습니다."

레이지는 크루제이커의 빛나는 머리를 바라보며 고개를 끄덕였다.

"게다가 이거 의외로 비싸다? 이 정도 크기라면 100골드는 받을 수 있지."

"그렇게 가치가 높습니까?"

"여자들의 구매력을 무시하지 마. 그들은 시장을 움직이는 원동력이라고."

하지만 여전히 이딴 걸 먹는 인간이 존재할 거라곤 생각할 수 없었다.

'아무리 피부에 좋아도 말이지 이런 걸 먹을 생각을 어떻게 하지? 여자들은 진짜 이해할 수 없어.'

문득 옛 스승 샤를로트가 한 말이 떠올랐다.

"네가 남자인 이상 평생 여자를 이해할 생각은 꿈에도 하지 마. 기껏 해봤자 이해하는 척하며 맞장구쳐 주는 게 한계일 거다. 그나마 그걸 할 수 있는 남자는 극소수고. 그냥 다른 종족이라고 생각하고 대하는 게 편할 거다."

그후 세월이 흐르면서 스승의 이야기가 조금씩 이해되곤 했지만 지금 이순간만큼 절실하게 느껴진 적은 없었다.

"참, 여자 이야기 나와서 말인데. 너 애인 있냐?"

레이지는 일말의 망설임도 없이 고개를 가로저었다.

"없습니다."

"물어보는 순서가 틀렸군. 약혼녀는?"

"여자에겐 관심없습니다."

"흐음, 뭔가 이상하네."

크루제이커는 턱수염을 매만지며 고개를 갸웃거렸다.

그리고 오른손을 쭉 앞으로 내밀었다.

계속 크라켄의 다리에 신경이 쓰여서 그런지, 레이지는 어느덧 해안가에 다다랐다는 걸 이제야 깨달았다.

"그러면 저 아가씨는 도대체 누구냐?"

"네?"

넓은 모래사장과 그 뒤에 이어진 수풀. 그 사이에 서 있는 여성은 크루제이커를 알아보고 손을 흔들면서 맞이하고 있었다.

강렬한 햇살 아래 빛나는 금발은 멀리서 봐도 한눈에 알아챌 수 있었다.

　　그리고 그가 기억하는 한 저렇게 도드라지는 금발을 지닌 여성은 딱 한 명밖에 없었다.

　　"서, 설마……."

Chapter 18
눈곱만큼 가까워진 관계

1

베르시아 신성력 1393년 3월 4일.

불빛 하나 들어오지 않는 어두컴컴한 방 안.

침대 위에 눕지 않고 앉아 있는 마리에타는 세운 두 무릎 사이에 얼굴을 묻었다. 지금 자신의 모습을 그 누구에게도 보여주기 싫었기에 이미 해가 저문 저녁임에도 커튼을 겹겹으로 쳐서 달빛조차 들어오는 걸 거부했다.

「난 도대체 레이지에게 무엇이었을까…….」

그가 오러 수련을 이유로 저택을 떠난다는 이야기를 전해 듣자 모든 일정을 내팽개치고 크로이덴 가문을 찾았다.

떠나지 말라고 설득했고, 할아버지 펠튼까지 나서서 거의 반강제에 가깝게 그를 막아섰다. 하지만 알 수 없는 이유로 잠들어 버린 그녀는 다음날 낮에 깨어난 후 레이지가 이미 떠났다는 소식만을 전달받았다.

「결국 그의 입으로 직접 대답을 듣지 못했어.」

그가 떠났다는 사실보다 그녀를 낙담시킨 이유.

그것은 힘들게 용기를 내서 이야기한 고백에 대해 거절의 답변조차 듣지 못했다는 사실이다.

사실상 거절이나 마찬가지였기에 마리에타는 깨어난 뒤 자신도 모르게 두 눈에서 흘러나오는 눈물을 주체하지 못했다.

「내가 왜 이럴까?」

한창 꽃다울 나이인 열여덟 살의 마리에타는 제법 많은 남성들의 호의와 추파를 받곤 했다. 하지만 매직 유저로서 수련에 몰두해야 했기에 정중하게 거절하곤 했다.

그 남자 중에 레이지도 포함되어 있었다. 단, 레이지의 악명에 대해 익히 들어 알고 있었기에 일부러 차갑게 대했다. 형 케이지 쪽이 훨씬 훌륭한 남자라는 점도 한몫했지만.

딱히 레이지의 어떤 부분에서 이끌렸는지 그녀 스스로도 알 수 없었다. 한 가지 확실한 것은, 마나 컨트롤에 실패한 후 다시 깨어난 그를 예의상 방문했을 때 자신을 처음 보는 사람처럼 대한 이후부터 모든 것이 변했다는 사실이다.

그녀보다 매직 유저로서의 등급이 낮음에도 신경 쓰지 않고 자신의 일에 몰두하는 레이지는 확실히 달라 보였다. 게다가 그에게 숨겨진 자질을 느끼고 하나씩 확인해 갈 때마다 그녀 자신은 혹시 레이지에 비하면 아무것도 아닐지 모른다는 자괴감까지 들었다.

「하아……」

마리에타는 길게 한숨을 내쉬면서 침대 옆에 놓아둔 직사각형 모양의 여행용 가방을 바라보았다.

레이지가 떠났다는 사실을 알게 된 이후, 침대 위에 엎드려 한참을 운 뒤에 그녀는 뭔가에 홀린 듯 그를 뒤쫓을 준비를 하기 시작했다. 레이지의 목적지가 엘번 섬이라는 걸 알고 있었기에 다시 만나는 것 자체는 그리 어렵지 않았다.

여행에 필요한 것들을 다 챙긴 뒤 가방을 닫자, 막상 처음에는 느끼지 못했던 두려움이 마리에타를 사로잡았다.

결국 떠나지도 못하고 방 안에 틀어박혀 있었다.

「아직 안 떠났구나?」

「어, 언니.」

노크 소리도 없이 문을 열고 들어온 안젤라는 오른손에 등불을 들고서 마리에타에게 걸어왔다. 안젤라의 시야에 여행용 가방이 들어오자 살며시 미소를 지었다.

「나도 여자라서 네가 어떤 결정을 내릴지 대충 짐작하고 있었어.」

「미안, 언니. 나는…….」

마리에타는 말끝을 흐리면서 고개를 숙였다.

「괜찮아. 굳이 말로 설명 안 해도 난 이해할 수 있어.」

안젤라는 기가 죽은 동생의 어깨를 토닥이며 위로해 주었다.

마리에타는 자신의 결정에 따라 집안 분위기가 뒤집어질 것을 떠올리며 아랫입술을 지그시 깨물었다.

「나, 진짜 잘하는 걸까?」

「아버님께서야 분명히 노발대발하실 게 뻔하긴 해. 원래 부모 입장에선 그럴 수밖에 없지 않니?」

안젤라는 태평스럽게 대답했지만 그걸 듣는 마리에타의 갈등은 더욱 커져만 갔다.

「언니의 결혼식까진 최대한 참아보려고 했는데, 안 되겠어. 레이지가 떠난 지 이제 하루밖에 안 지났는데 가슴이 너무 아파.」

마리에타는 오른손으로 드레스의 가슴 부분을 움켜쥐었다. 보이지 않는 커다란 구멍이 뻥 뚫려서 그 어떤 걸로도 메워지지 않는 느낌이었다.

「걱정하지 마. 난 널 말리러 온 게 아니야. 대신 준비는 확실히 하고 가야 하잖아.」

안젤라는 왼손에 들고 있던 무언가를 침대 위에 살짝 내려놓았다. 등불에 비춰진 글자를 본 마리에타는 소스라치게 놀라며 침대 위에서 내려왔다.

「어, 언니! 이건!」

「쉿! 목소리가 커.」

안젤라는 왼손 집게손가락을 입술에 가져갔다.

마리에타는 가슴을 쓸어내리며 숨을 여러 번 내신 뒤에 안젤라가 가져온 '물건'을 집어 들고 꼼꼼히 확인했다.

「이렇게 귀한 걸 함부로 가지고 와도 돼? 할아버지께서 노발대발하실 텐데?」

「걱정하지 마, 할아버지께서 직접 건네 주신 거니까.」

「할아버지께서?」

마리에타와 함께 레이지가 떠나는 걸 막기 위해 나선 펠튼.

그녀와는 달리 레이지에 대해서는 미련을 버렸다고 펠튼에게 직접 들었던 터라 안젤라의 말은 너무나 의외였다.

「그 건방진 녀석을 제자로 삼는 건 포기했지만, 손녀 사위로 삼는 건 포기하지 않았다! 라고 말하시면서 건네 주시더라.」

「할아버지…….」

마리에타는 그 '물건'을 가슴에 품고서 지그시 두 눈을 감았다.

「혹시나 해서 물어보는데, 할아버지와 최근에 안 좋은 일이라도 있었어?」

「응?」

「왠지 모르겠지만 네 이야기를 하시면서 꽤 미안해하는 눈치를 보이시더라. 큰일은 아니지?」

마리에타는 그 때 그 순간을 떠올리자 얼굴이 살짝 달아올랐다. 다행히도 등불 하나만이 밝히고 있는 방인지라 안젤라에게 들키지는 않았다.

「자, 이거 후문 열쇠야. 하녀들과 집사들에게 한 명도 빠짐없이 정원 손질하라고 집합시켰으니 지금은 아무도 없을 거야.」

안젤라는 열쇠를 건네면서 손수 마리에타의 머리에 챙이 넓은 여행용 모자를 씌워 주었다.

모자를 쓴 채로 마리에타는 한동안 말없이 안젤라를 바라보기만 했다. 안젤라가 두 팔을 크게 벌리자 마리에타가 울먹이면서 언니의 품에 안겼다.

「편지 꼭 보내야 해? 알겠지?」

「응, 꼭 보낼게.」

마리에타는 애써 눈물을 참으면서 고개를 끄덕거렸다.

그리고 조용히 밖으로 나가 방문을 닫았다.

멀어져 가는 마리에타의 구두 굽 소리를 들으며 안젤라는 침대에 걸터앉았다.

길레터 왕국 밖으로 단 한 번도 떠난 적이 없는 여동생이 홀로 먼 곳으로 간다는 사실에 걱정하지 않는 건 아니었다.

그래도 웃으면서 보내줘야 했다. 몇 년 전, 매직 유저의 길을 관두던 당시의 자신과 겹쳐 보였기 때문에.

안젤라는 마리에타가 앉아 있던 자리를 손으로 쓰다듬으며 한숨을 내쉬었다.

「하아, 한동안 쓸쓸하겠네.」

2

"레, 레이지 맞죠?"

마리에타는 금방이라도 터져 나올 것 같은 눈물을 애써 참으며 레이지를 바라보았다.

"마리에타님, 여기엔 웬일입니까?"

레이지는 여기에 있어서는 안 되는 인물이 나타나자 당혹함을 금치 못했다. 크라켄과 크라켄 슬레이어의 출몰만으로도 아직까지도 정신이 혼란스러운데 마리에타까지 나타나자 골이 땡겼다.

'절대 화내지 말자. 내 기분은 그렇다 치더라도 섣불리 대응하면 안 돼. 몰골을 보아하니 흔널 상황이 아니야.'

특유의 금발은 광채를 잃지 않았지만 자연스럽게 어깨 너머로 늘어뜨린 게 아니었다. 빙빙 감아서 틀어올린 뒤 철제 머리핀으로 엉성하게 고정한 상태였다.

블라우스는 군데군데 얼룩이 묻었고 스커트는 색이 바랜 것도 모자라 찢어진 부분을 꿰맨 흔적이 여실히 드러났다.

단 하나, 피부만은 전에 봤을 때 보다 윤기가 돌았다.

'여기에 와서 무슨 일을 겪었는지 모르겠지만, 고생한 것만은 확실해. 탱탱한 피부가 좀 거슬리긴 하지만……. 에이, 설마.'

레이지는 돛단배에 실려 있는 크라켄의 다리들을 넌지시 바라봤다.

반면 마리에타의 눈에는 오직 레이지만이 들어왔다. 그리고 전과 달라진 점을 금세 알아챘다.

"머리카락 색이… 어떻게 된 거예요?"

"아, 기분 전환 삼아 염색 좀 했습니다."

레이지는 굳이 예전 머리색으로 돌린 이유를 설명하지 않았다.

오래간만에 만났음에도 레이지의 태도가 변함없자 마리에타의 입술이 살짝 튀어나왔다.

"왜 이렇게 늦게 왔어요?"

"그게, 길을 잃다 보니 말입니다. 아무래도 처음 세상 구경을 하다 보니 뭐가 뭔지 모르겠더군요."

"왠지 기억을 잃기 전의 레이지 같아요. 처음 가문을 떠난 저도 이곳으로 곧장 왔는데."

"저라고 뭐든지 잘 할 수는 없지 않습니까? 한두 개 정도 실수야 하게 마련이죠."

"여전히 거만하군요."

둘 사이의 공기가 미묘하게 변하는 가운데, 크루제이커는 콧노래를 흥얼거리며 크라켄의 기다란 다리를 포개어 접더니 밧줄로 돌돌 말아서 어깨에 짊어졌다.

"자, 아가씨. 오늘은 특별한 날이야."

"와아! 정말 고마워요!"

크라켄의 다리를 알아본 마리에타의 눈동자가 반짝거렸다.

레이지는 자신의 예상이 들어맞자 기겁하며 크루제이커로부터 한 걸음 물러섰다.

"마리에타님. 혹시나 해서 물어보는데 이거 먹습니까?"

"네, 여기 와서 처음 먹어봤지만 진짜 맛있어요."

"여성 분들은 대부분 처음에는 꺼리실 거라고 생각합니다만……."

"저도 처음에 거대한 문어 다리가 식탁에 떡 하니 나오길래 기겁했지요. 하지만 피부에 좋다는 말에 한 입 먹어보니 진미였어요."

"……."

피부 미용.

그것은 여성이라는 존재에게 있어서 귀를 기울일 수밖에 없는 악마의 유혹.

"자자, 우선 밥부터 먹고 난 뒤에 마저 이야기하자고. 아가씨는 이 다리들 좀 손질해 줘. 넌 우선 섯고 와라. 크라켄 피

때문에 냄새가 고약해."

"맡겨만 주세요!"

"…네."

3

바다 한가운데 자리 잡은 엘번 섬.

해안가에는 모래사장이 길게 이어져 있고, 섬 가운데엔 울창한 삼림이 자리 잡고 있다. 그 엘번 섬 북동쪽에 지어진 작은 오두막 안에서 풍성한 저녁 식사가 진행 중이었다.

"레이지, 진짜 안 먹을 거예요?"

마리에타는 해초와 함께 올리브 기름으로 볶은 크라켄의 다리를 한 입 깨물며 레이지를 쳐다보았다.

"이거 크라켄이 동면하는 시기엔 돈 주고도 못 사먹는 진미다?"

"괜찮습니다."

크루제이커는 얇게 잘린 크라켄의 다리를 포크에 찍어 레이지에게 슬쩍 내밀었다. 하지만 레이지는 이걸 한 입이라도 깨문다면 그동안 간직하고 있었던 소중한 무언가를 잃어버리는 느낌이 강렬히 들었다.

결국 레이지는 크라켄의 다리 일색으로 차려진 식탁에 손 하나 댈 수 없었다.

"배 안 고프냐?"

"지금은 딱히 먹을 생각이 안 납니다."

"뭐, 나중에 알아서 차려먹어라."

크루제이커는 거칠게 크라켄 다리를 뜯으면서 식사에 전념했다. 마리에타는 잘게 썬 크라켄 다리를 조심스럽게 한 입씩 먹었지만, 레이지의 눈에는 둘 다 똑같이 보였다.

"그러면 슬슬 본론으로 들어가 볼까?"

"아직 식사 중이지 않습니까?"

"식사 중이면 어떻고 큰일 보는 중이면 또 어떻냐? 밥 먹을 생각이 조금도 없어 보이니 이야기라도 해야 심심하지 않을 텐데?"

크루제이커는 여전히 크라켄 다리를 어금니로 우물우물 씹으면서 이야기를 이어나갔다.

"레이지라고 했지?"

"네, 아버님의 추천을 받아 크루제이커님께 오러에 대해 배우고자 왔습니다."

비전 없이 오러 랭크 6을 달성한, 어떤 의미에선 천재라고 불릴 수 있는 사나이 크루제이커.

놀라운 점은 이제까지 그 어떤 스승도 없이, 체계적인 오러 교육을 받지 않고 혼자의 힘으로 이루어냈다는 사실이다.

'아버지가 이렇게까지 남을 인정하는 모습은 그때 처음이었지. 단순히 그를 내 스승으로 추천하기 위해 띄우는 뉘앙스

는 아니었어.'

단 그를 추천하면서도 케인즈의 표정이 그리 썩 밝진 않았
다.

"절대 악한 자는 아니다. 단지… 에잉, 모르겠다. 직접 만나봐
라. 그러면 내 말이 무슨 의미인지 잘 알 거다."

떠나기 전날 밤 직접 써준 소개장을 건네줄 때의 케인즈의
표정은 레이지에게 인상적으로 남았다.

'제국과의 전쟁에 참여했음에도 당시의 내가 이름조차 기
억하지 못했어. 도대체 어떤 인간이기에? 만난 지 하루도 안
되었지만 조금 알 것 같기도 하고…….'

아직 크루제이커의 모든 걸 파악하지 못했지만, 왜 그때 케
인즈가 그런 표정을 지었는지 조금씩 이해되기 시작했다.

"난 따로 제자는 두지 않는다는 입장이지만, 케인즈의 부
탁이니 별 수 없지."

크루제이커는 2초 정도 고민하더니 크라켄의 다리를 물어
뜯었다.

"아! 그러고 보니 아버님께서 써주신 소개장이 있습니다."

레이지는 허리 주머니를 뒤져 소개장을 찾았지만, 손에 잡
히는 건 잡다한 물건밖에 없었다.

"어, 이런……."

자신을 증명할 물건이 사라지자 레이지의 얼굴에 당혹함
이 자리 잡았다.

반면 크루제이커는 크라켄 다리를 다 해치운 뒤 이쑤시개
로 이빨 사이를 후비고 있었다.

"그냥 간단히 물어보도록 하지. 네 아버지 이름이 뭐냐?"

"케인즈 A. 크로이덴입니다."

"형 이름은?"

"케이지 A. 크로이덴입니다."

"네 이름은?"

"레이지 크로이덴입니다."

"그러면 본인 맞겠지 뭐. 통과."

"네?"

크루제이커는 레이지를 아무런 의심도 하지 않고 케인즈
의 아들로 인정했다.

"무슨 반응이 그래? 나보고 의심해 달라고 애원하는 거
냐?"

레이지가 어이없다는 표정으로 크루제이커를 쳐다보았다.

식사에 열중하면서도 둘의 대화를 조용히 듣고 있던 마리
에타는 자리에서 일어섰다.

"길레터 왕국의 명문가 포르테 가문의 이름을 걸고 맹세하
겠어요. 진짜 레이지가 맞아요."

"아가씨, 자기 가문 이름 앞에 명문가라고 떡하니 붙여 말

하면 좀 부끄럽지 않아?"

마리에타는 얼굴을 붉히면서 도로 자리에 앉았다.

크루제이커는 다 쓴 이쑤시개를 손가락으로 튕겨 등 뒤로 날려보냈다.

"뭐, 나에게 뭐 훔쳐갈 게 있다고 험난한 이곳까지 와서 사기 치려고 하겠어?"

막상 크루제이커 본인이 납득했음에도 정작 그를 납득시키려 했던 레이지와 마리에타는 뭐라 할 말을 찾지 못했다.

"아니면 너희들 혹시 부부 사기단이냐?"

"절대 아닙니다."

"부, 부부라니요! 저희들은 아직 그런 사이가……."

레이지는 일체의 감정이 드러나지 않는 얼굴로 대답했다.

마리에타는 손을 크게 휘저으며 부끄러워했지만 이내 레이지의 얼굴을 보곤 힘없이 고개를 숙였다.

"뭐, 본인 확인은 여기까지 하도록 하고."

이야기는 완전히 크루제이커의 페이스에 맞춰 진행되었다.

'나이로 따지면 나와 별 차이 없을 텐데, 이렇게 남에게 휘말려 보기는 참으로 오래간만이야.'

레이지는 지끈거리는 관자놀이를 손으로 꾹 눌렀다.

이야기 자체는 명쾌하게 진행됨에도 찝찝한 기분을 지우기 힘들었다.

"나에게 오러를 수련받으려는 목적이 뭐냐?"

크루제이커는 턱수염을 쓰윽 매만지며 레이지를 응시했다.

"간단히 네가 어떤 이유에서 오러를 익히려는지 알아야 앞으로의 수업 방침을 정할 수 있거든. 단순히 강해지고 싶어서라는 이유도 괜찮고, 저기 널 뚫어져라 바라보고 있는 아가씨 마음에 들고 싶어서라는 세속적인 이유도 괜찮아."

말만 들으면 꽤나 친절한 설명이었지만, 웃음 너머 자리 잡고 있는 크루제이커의 본심을 레이지는 즉각 알아챘다.

"굳이 구체적으로 설명해야 합니까?"

"아니, 그냥 대략적으로 말해도 돼. 하지만 단번에 이해할 수 있는 단어가 좋겠군."

레이지가 강해져야 하는 이유.

그건 자신을 유일하게 지탱해 주던 스승 샤를로트에 대한 복수.

쉽사리 남에게 토로할 수 있는 이야기가 절대 아니다.

"뭐, 굳이 이야기하지 않아도 된다."

'말하지 않으면 상대도 안 해주겠다는 눈빛으로 바라보면서 용케 그런 말을 잘도 꺼내는군.'

레이지는 살짝 저 대머리 남자에게 짜증이 나기 시작했다.

이제까지 상대를 자신의 의도대로 이끌기 좋아했던 레이

지가 반대의 입장이 되었기 때문이다.

레이지는 손에 쥐고 있던 나무컵을 살짝 움켜쥐었다.

"복수입니다."

4

"호오, 복수라……."

"그 이상은 밝힐 수 없습니다."

단호한 표정의 레이지와 달리 크루제이커의 얼굴에는 흥미가 가득했다.

"네 녀석 개인에 국한된 복수냐, 아니면 타인을 위한 복수냐?"

"둘 다입니다. 굳이 말하면 후자 쪽에 더 무게를 두고 있습니다. 여기까지만 설명하도록 하겠습니다."

복수라는 단어를 오래간만에 꺼내서였을까.

레이지의 눈매가 매섭게 변했다.

마리에타는 그에게 뭔가 말을 건네려고 했지만, 자신을 거들떠보지도 않고 정면을 응시하는 레이지를 보고 입을 도로 다물었다.

"흐음, 복수라……. 이제 열여덟 살밖에 안 된 놈 주제에 꽤 험난한 길을 겪었나 보지?"

레이지는 굳이 대답할 필요성을 못 느꼈다.

현재 레이지의 나이보다 한 살 더 어렸을 때의 제이워드가 품었던 목표였다.

"독하게 굴려도 되겠지?"

"강해질 수 있다면 상관없습니다."

"그래, 그래야 복수를 꿈꾸는 놈답지.'

크루제이커는 재미있다는 표정을 지으며 식탁 밑으로 몸을 숙였다. 그리고 무언가를 꺼내 레이지 앞에 툭 내던졌다.

"참, 네 녀석 아버지가 이런 걸 보내왔거든."

손바닥에 들어갈 만한 크기의 조그마한 상자.

레이지가 상자를 열어 안을 확인하자 두 눈이 크게 뜨였다.

"아무래도 귀한 아들을 나에게 보내는 거니 잘 가르쳐 달라는 인사치레로 그런 것 같은데, 녀석은 아직도 날 잘 모르는 거 같아."

몸을 레이지 쪽으로 살짝 기울여 뭐가 있는지 확인한 마리에타의 눈 역시 놀람을 감추지 못했다.

"내가 돈 같은 것에 미련을 가졌다면 이런 외딴 섬에 홀로 살고 있겠냐?"

얼핏 봐도 안에 든 보석들의 값어치는 모두 합쳐 1000골드는 가뿐히 넘길 수준이었다.

"다 네가 가져가라."

"그래도 되겠습니까?"

"허헛, 이 녀석 참. 사양하겠다는 말은 안 내뱉는군. 뭐, 좋다. 솔직한 놈이 상대하기 편하니까."

크루제이커는 팔짱을 끼더니 턱으로 보석 상자를 가리켰다.

"나에게 굴려지다가 도저히 못 버틸 거 같으면 그것들 가지고 야반도주해도 좋아."

"그럴 생각은 없습니다."

"내가 가르치는 방식은 좀 거칠 텐데?"

"사람 죽이기까지야 하겠습니까?"

아까와는 달리 자신의 말을 맞받아 치는 레이지가 당돌하게 느껴지는 크루제이커였다.

하지만 보통의 모범생이나 샌님이 왔다면 검토할 필요도 없이 돌려보냈을 것이다.

"케인즈 그녀석은 참 어처구니없는 놈을 나에게 보낸 것 같군. 하긴, 내 밑에 있으려면 이 정도는 되어야겠지."

크루제이커는 자리에서 일어나더니 문 쪽으로 성큼성큼 걸어갔다.

"우선 배타고 오느라 고생했을 테니 오늘 밤은 푹 쉬어라. 난 잠시 다녀올 곳이 있어서 자리를 비울 거다."

"언제 오십니까?"

"내일 아침쯤."

"어디 먼 곳이라도 가십니까?"

"네 녀석과 저 아가씨의 눈이 안 닿는 곳."

크루제이커는 머리카락 한 올도 없이 빛나는 머리를 쓰윽 매만지며 씨익 웃었다.

"너무 힘 빼진 마라."

"……."

5

크루제이커가 사라지자 오두막 안에 묘한 기운이 감돌기 시작했다.

마리에타는 레이지를 곁눈질로 쳐다보며 눈치만 보고 있었다. 레이지는 이런 분위기가 마음에 들지 않아 뭔가 이야기를 꺼내려고 했지만, 이곳까지 자신을 찾아온 마리에타에게 예전처럼 대하기 힘들었다.

'안 되겠어. 자리를 옮겨야 이야기를 하든 말든 뭔가 할 수 있을 거 같아.'

레이지는 얼굴을 살짝 찡그리거 벌떡 일어섰다.

"마리에타님, 아무래도 밖에 나가서 이야기하는 편이……."

"아! 미안해요! 전 아직 마음의 준비가……."

서로 다른 이야기를 하는 두 사람.

레이지는 한숨을 길게 내쉬며 도로 앉았다.

"오래간만입니다, 마리에타님."

"네? 아… 네! 그렇죠. 거의 한 달 만인가요?"

"혼자 이곳까지 오신 겁니까?"

굳이 여길 어떻게 알고 왔는지 물어볼 필요는 없었다.

필시 펠튼이나 집안 관계자에게 물어봤을 게 뻔하니까.

"고생이 심하셨겠습니다. 특히 저분과 같이 있으려면……."

"아! 혹시라도 그런 오해는 하지 말아요. 저분 저래 봬도 꽤 신사예요. 아무리 나이 차이가 많이 나더라도 남녀가 한 집에서 잘 수 없으니 오두막을 따로 지어주시기까지 하던데요?"

신사라는 말에 레이지는 멍하니 입을 벌리기만 했다.

'뭐, 내가 마리에타와 크루제이커가 어떤 사이든 간에 상관없는 일이고.'

그에게 중요한 것은 마리에타의 갑작스런 등장으로 인해 베베 꼬일 일들을 어떻게든 무마시키는 것뿐이다.

"부모님께 허락은 받고 오셨습니까?"

'물론 받았을 리 없겠지.'

질문에 앞서 이미 대답이 나온 상황.

어떻게 해서든 가문의 허락을 받았다면 최소한 하녀 한 명은 옆에 대동시켰을 거다.

"가출이로군요."

"네."

마리에타는 등을 꼿꼿이 세운 자세에서 당당하게 말했다.

레이지는 오른손으로 얼굴을 감싸쥐었다.

'지금쯤 집안이 발칵 뒤집어졌겠군.'

약혼자도 아닌 사돈 관계의 여자가 따라왔으니 뭘 상상하든 그 이상의 일이 발생했을 것이다.

'뭐, 떠난 이상 신경 쓰지 말자. 그 어떤 것에도 구애받지 않고 강해지기 위해 여기까지 온 거니까. 그렇다고 여기까지 온 마리에타를 완전히 무시할 순 없어.'

레이지는 식탁 위에 오른손을 올려놓고선 집게손가락으로 툭툭 건드렸다.

"두말하지 않겠습니다. 내일이라도 당장 포르테가로 돌아가십시오."

"싫어요."

"왜 어리게 행동하십니까? 열여덟 살이면 이미 알 거 다 아는 나이 아닙니까."

"분명히 말해두겠어요. 전 레이지보다 몇 개월 더 빨리 태어났어요. 어리다는 말을 당신에게만큼은 듣고 싶지 않아요."

레이지는 슬그머니 고개를 들면서 마리에타를 바라보았다.

처음 만났을 때의 그 도도한 표정이 어느새 자리 잡고 있었다.

"아, 그러고 보니 전에 저에게 하셨던 말에 대한 대답을 아직도 안 드렸군요. 지금 해도 되겠습니까?"

"네, 저도 꼭 듣고 싶었어요."

마리에타는 고개를 빳빳이 쳐들고 당당함을 유지하고 있었다. 하지만 가지런히 모아 허벅지 위에 올려놓은 손이 미세하게 떨고 있었다.

"제가 어디를 떠나든 간에 마리에타님과 일체 관련없는 일입니다. 반대로 이야기하면, 마리에타님이 어디로 가시든 간에 저 역시 신경 쓰지 않습니다."

"진심인가요?"

"네, 눈곱만큼도 신경 쓰지 않을 겁니다."

예전의 제이워드였다면 당장 꺼지라고 말했지만, 그나마지금은 나름대로 예의를 갖추어 정중하게 대답하는 레이지였다.

마리에타는 고개를 숙이고서 아무 말도 하지 않았다.

'나름 충격이겠지. 남자에게 거절당한 적이 없어 보였으니까.'

객관적으로 판단한다면 마리에타는 꽤나 매력적인 여자임이 분명하다.

길레터 왕국의 명문 포르테 가문 출신.

아름다운 외모와 그에 걸맞은 교양과 지식.

무엇보다 매직 유저로서 열여덟 살밖에 안 되는 나이임에도 서클 5에 다다른 수재.

물론 순종적인 성격과는 거리가 좀 먼, 도도한 부분이 강했지만 이는 다른 의미에선 또 다른 매력으로 받아들여질 수 있다.

하지만 그 모든 것이 레이지에겐 아무런 의미가 없었다.

"언젠가……."

그녀는 천천히 고개를 들면서 입을 열었다.

작고 붉은 입술이 미세하게 경련하고 있었지만 당당한 태도에는 변함이 없었다.

"저에게 언젠가 이런 말을 한 적이 있죠? 지금의 나에겐 필요없는 사람이라고."

"정확히는 페리슨에게 한 말입니다만."

"너무 꼼꼼히 따지면 여자들에게 인기없어요."

"전 여자에게 인기 끌 생각은 조금도 없습니다."

레이지의 단호한 대답에도 마리에타의 표정에는 조금의 변화도 보이지 않았다.

그녀는 자리에서 일어선 뒤 벽장 쪽으로 걸어갔다.

그리고 보자기에 싸인 무언가를 꺼내 레이지 앞에 살며시 내려놓았다.

"풀어보세요."

마리에타는 살짝 미소를 지으며 원래 자리에 앉았다.

"…!"

레이지는 보통 물건이 아님을 직감으로 알아챘다.

그는 침을 꿀꺽 한 번 삼킨 뒤 최대한 마음을 가라앉힌 후에야 손을 뻗어 보자기를 풀었다.

테두리가 철로 감싸인 두꺼운 책.

그 책의 표면은 두꺼운 쇠사슬로 칭칭 동여매진 상태였다.

"이것은 설마?"

"역시 레이지 당신은 단번에 알아보는군요."

책 표지에 쓰인 룬 문자는 그가 기억하고 있는 책 제목과 동일했다.

"베이그란트의 서(書), 아닙니까?"

6

베이그란트 M. 켈리온.

지금으로부터 500여 년 전, 한 시대를 풍미하던 아크메이지로 그의 이름을 모르는 매직 유저는 없다 해도 과언이 아니다. 크루디아 제국을 멸망시킨 제이워드의 활약상조차도 역사서에 기록된 그의 활약 앞에선 소꿉장난이나 다름없다.

현재까지 전해져 오는 마법의 기초를 정립했으며, 80세의 나이로 숨을 거둘 때까지 무려 70년이라는 시간 동안 매직 유저로서 활동했다. 그의 마법 앞에 사라진 국가는 최소 열 곳.

반대로 세워진 국가는 배에 달했다.

물론 그에게도 위기는 있었다. 100여 명의 달하는 마법사들의 질투는 그에게 풀기 힘든 강력한 저주를 걸었다. 서클 7의 마나를 고작 1로 낮춰 버린 것이다.

그때 그가 뼈를 깎는 노력으로 만든 것이 바로 베이그란트의 서.

'현재 딱 다섯 개만 남아 있다고 들었는데, 그중 하나가 설마 포르테 가문에 있었나?'

베이그란트의 서 안에는 강력한 마나가 잠들어 있으며, 그걸 소유한 자에게 특수한 능력을 부여한다.

그것은 서클을 무조건 한 단계 올려주는 능력이다.

'물론 다른 마법 아이템들처럼 서클 5가 한계지. 하지만……'

무조건 한 단계를 올려준다는 점이 최고의 강점이다.

레이지가 직접 만들어 쓰고 있는 마나 증폭용 장갑의 경우, 일정량의 마나만 올려주기 때문에 서클 1이나 2였을 땐 그 위 단계로 올라가는 게 가능했지만 3부터는 불가능했다. 게다가 일정 시간이 지나면 시커멓게 타들어 사용 불가능하다.

'서클 3인 지금 이걸 소유하면 당장에 서클 4가 될 수 있어. 그리고 룬 문자로 마법을 시전하면 서클 5의 마법도 사용 가능하지.'

무엇보다도 일회성이 아니라 영구적으로 사용할 수 있을 뿐더러, 마나를 저장해 놓는 것도 가능하다. 그밖에 아직 알려지지 않은 효과들도 포함되어 있다.

"이걸 어떻게 훔쳐오셨습니까?"

"훔쳐오다니요, 숙녀에게 할 말 치곤 너무 무례한 거 아닌가요? 할아버지의 허락을 받고 정식으로 받아온 물건이에요."

"펠튼님께서 말입니까?"

레이지의 질문에 마리에타는 고개를 끄덕거렸다.

'그 영감탱이, 진짜 강한 수를 던졌군.'

매직 유저의 서클 자체를 올리는 방법에는 크게 두 가지가 있다.

예전 레이지가 만들었던 장갑처럼 일시적으로 올리는 방법.

그리고 룬 문자로 마법을 시전해 한 단계 높은 마법을 시전하는 법.

물론 둘 다 서클 5를 초과해 올릴 수 없다는 단점이 있다. 그 까닭에 제이워드였을 때 베이그란트의 서를 봤어도 아무런 감흥 없이 지나갔다. 어차피 자체 서클이 7에 달했으니까.

하지만 지금은 다르다. 서클 3인 지금의 레이지에겐 엄청나게 유용하다. 남은 비밀 연구소 두세 곳을 찾아 마나를 흡수한 효과나 마찬가지다.

"이걸로 저의 마음을 살 수 있다고 생각하시는 겁니까?"

레이지는 이내 평정을 되찾고 차가운 목소리로 말했다.

매력적인 물건이지만 그것 때문에 귀찮은 일에 휘말릴 수는 없다.

"아니에요. 당신이 그런 성격이 아니라는 거야 진작에 알고 있으니까요."

"그러면서 이걸 가지고 오신 겁니까?"

"혹시라도 당신이 이걸 보자마자 저에게 살갑게 굴었다면 당장 돌아갔을 거예요."

이제까지의 레이지와 마리에타 간의 대화 구도와 확연히 달랐다. 그에게 이끌려 가기만 하던 그녀가 처음으로 동등하게 맞서고 있었다.

"두 가지 조건이 있어요."

마리에타는 오른손을 레이지의 얼굴을 향해 내밀고선 손가락 두 개를 펼쳤다.

"우선 저에게 마법을 가르쳐 줄 것."

"서클 3인 제가 당신을 가르칩니까?"

"그럴 줄 알았어요."

상식적으로 말도 안 되는 이야기이다.

하지만 마리에타는 예상한 대답이라는 듯 자연스럽게 받아넘겼다.

"할아버지를 이겼다는 이야기를 들었어요."

"……."

"서클 6을 이긴 매직 유저에게 서클 5인 제가 가르침을 청하는 게 틀렸나요?"

"서클은 매직 유저의 실력을 판가름하는 척도이다. 하지만 그것만을 믿어서는 안 된다."

레이지의 머릿속에 샤를로트의 말이 떠올랐다.

"물론 당신이 여기에서 오러 수련을 하기 위해 왔다는 것은 잘 알고 있어요. 그런 고로 당신 개인의 수련에 방해되지 않는 선에서 부탁드려요. 스승과 제자 사이 따윈 바라지도 않으니 그저 여유가 생길 때 조금씩 가르쳐 줘도 충분해요."

마리에타는 최대한 레이지에게 폐가 되지 않는 조건을 제시하면서 말을 이어갔다.

레이지로서 딱히 거절할 이유는 없었다. 베이그란트의 서를 얻는 조건으로는 너무나 파격적이니까.

'누군가에 대한 호감 때문에 이렇게 바뀔 수 있나?'

크로이덴가의 저택에서 머무르는 몇 개월 동안 마리에타가 조금씩 바뀌는 것 정도야 직접 느낄 수 있었다. 하지만 그의 눈앞에 있는 마리에타는 전혀 다른 인물이었다.

"당신은 아까 복수를 추구한다고 했죠? 그 복수가 뭔지 전

하나도 모르지만, 진짜 험난한 길을 택했다는 것만은 느낄 수 있어요."

레이지가 뭔가에 안주하지 않고 앞으로만 나아가려는 이유.

내용은 알 수 없었지만 집념만큼은 확실히 느낄 수 있었다.

"그 복수를 혼자만의 힘으로 이룰 생각은 결코 아니겠죠?"

"물론입니다."

제이워드였을 때에도 쟁쟁한 동료들과 함께 힘을 합쳐야 했다. 그러고도 25년이라는 시간을 소모해야 했다.

"그 복수의 방향이 제가 원하는 방향이 아닐지도 모르겠지요. 하지만 제가 마법사로서 자질을 키워서 당신에게 도움이 된다면 썩 나쁜 이야기는 아니잖아요?"

요구 조건이 아니라 부탁에 가까웠다.

레이지는 일부러 고개를 반대로 돌려 마리에타의 시선을 피했다.

"피로 손을 물들일 수 있습니다."

"상관없어요."

"당신의 가족이나 친척을 죽일지도 모릅니다."

"그러면 제가 알아서 빠질 거예요. 그리고 그전에 당신이 날 먼저 제거하려고 하겠죠. 뭐가 문제인가요?"

레이지의 입에서 실없는 웃음이 터져 나왔다.

'지금의 마리에타라면 그 어떤 남자도 휘어잡을 수 있을

텐데. 왜 하필 나 같은 놈에게 정신이 팔려서……. 왠지 안타
까워.'

"얼마 안 보던 사이에 말솜씨가 꽤 느셨군요."

"크루제이커님과 같이 밥 먹다 보면 이 정도는 아무것도
아니에요. 후훗……."

마리에타는 오른손으로 입을 살짝 가리고서 가볍게 웃었
다.

"그러면 나머지 남은 하나는 무엇입니까?"

"절 부를 때 앞으로 '마리에타님'이 아니라 그냥 '마리에
타'라고 불러줘요."

탁자를 계속 두들기던 레이지의 손가락이 일순간 멈추었
다.

"단지 그것뿐입니까?"

"네. 저도 어느 정도 당신에 대해서 조금 안다고 생각하거
든요. 무리한 건 절대 요구하지 않겠어요."

뭔가 안타까웠다.

이렇게까지 조건이라 부르기에도 부끄러운 것을 겨우 요
구하는 열여덟 살의 소녀에게 애절함마저 느꼈다.

"자, 이제 내가 당신에게 필요한 존재인가요?"

마리에타는 자리에서 일어서더니 레이지의 뒤에 섰다.

"눈곱만큼은."

"그러면 충분해요."

"눈곱은 떼어내면 그만 아닙니까?"

"그걸 아직 안 떼어내는 이상, 문제없어요. 안 그런가요?"

레이지는 옆으로 고개를 돌려 마리에타를 보려고 했지만 도로 창밖만을 응시했다.

'스승님, 진짜 여자는 이해할 수가 없군요. 또 한 번 느꼈습니다.'

만일 살아만 있다면 샤를로트와 마리에타를 서로 대면시키고 싶었다. 왠지 모르게 서로 죽이 잘 맞을 거라는 예감이 들었다.

"절 너무 믿지 마십시오."

"걱정 마세요. 남자는 눈곱만큼도 믿어서는 안 된다며 아버님께서 누누이 말씀하셨어요. 할아버지께서도."

"다행입니다."

레이지는 자리에서 일어서더니 문을 열고 밖으로 나갔다.

덩그러니 남겨진 베이그란트의 서틀 마리에타가 황급히 들어 올렸다.

"이거 안 가져가나요?"

"저도 사람입니다. 상대가 파격적인 조건을 제시한다고 눈앞에서 덥석 물면 도리에 어긋나죠. 당신의 제안은 받아들이되 당분간 맡겨두겠습니다, 마리에타."

레이지는 일부러 그녀가 보지 못하도록 정면을 응시하면서 살짝 미소 지었다. 그리고 숲 안으로 천천히 걸음을 옮졌다.

　마리에타는 의자에 털썩 주저앉더니 베이그란트의 서를 두 팔로 꽉 감싸안았다.

　'드디어 나를… 이름만으로 불러줬어. 레이지가.'

Chapter 19
복수에 대한 다짐

1

다음날.

진짜로 밤새도록 둘만을 남겨두고 아침에 나타난 크루제이커는 능글맞은 얼굴을 하고 있었다.

"잠은 잘 잤냐?"

"네."

무뚝뚝한 레이지의 대답에 크루제이커는 팔꿈치로 제자의 옆구리를 툭툭 건드렸다.

"진짜 잠만 잔 건 아니겠지?"

"오래간만에 마리에타 양과 단둘이서 이야기를 나누었습니다."

"진짜 이야기만 한 건 아니겠지?"

"그러면 따로 할 게 있습니까?"

되려 물어보는 레이지에게 크루제이커는 할 말을 잃었다. 그러더니 머리를 박박 긁기 시작했다.

"네 녀석은 아주 남의 속을 박박 긁어놓는 타입 같구나. 내가 여자가 아닌 게 천만다행이야."

크루제이커 나름대로의 배려는 레이지에게 아무런 의미가 없었다.

"그 아가씨, 네 녀석이 올 날만 손꼽아 기다렸던 거 모르냐?"

"그랬을 겁니다."

"그런데도? 너 남자 맞냐!"

크루제이커는 분을 이기지 못하고 발밑의 돌멩이를 멀리 차버렸다. 오러가 실린 돌멩이가 빛의 궤적을 그리면서 하늘 높이 솟구쳤다.

"대단하군요. 역시 오러 랭크 6의 소드 마스터답습니다."

"말이라도 못하면 밉지라도 않지. 망할 녀석, 평생 동정으로 살다가 죽어라. 에휴……."

그는 남자에게 있어서 가장 무섭고 두려운 저주를 내리며 한숨을 내쉬었다.

"우선 날 따라와라."

2

30분 동안 걸어간 두 남자가 도착한 곳은 넓은 해안가였다.

걸어가는 내내 크루제이커는 남자의 자격과 책임에 대해 역설했다. 얼굴 한 번 보기 위해 여기까지 찾아온 아가씨를 그렇게 대하면 안 된다는 둥, 넌 눈치가 있는 건지 없는 건지 모르겠다고 침을 튀겨가며 이야기했지만 레이지에겐 조금도 통하지 않았다.

결국 '망할 동정 녀석' 이라는 욕설만 흘러나올 뿐이었다.

"자, 어때? 경치 좋지?"

넓게 이어진 모래사장과 밀려오는 새하얀 파도를 보자 크루제이커의 기분이 확 풀어졌다.

"잠시 몸 좀 풀고 오마!"

크루제이커는 걸치고 있던 윗도리를 두 손으로 확 찢어갈긴 뒤 양팔을 허리에 얹었다.

햇볕에 탄 구릿빛 피부와 흠잡을 데 없는 탄탄한 근육이 위용을 과시했다. 물론 강렬한 햇살을 그대로 반사해 빛나고 있는 머리는 눈이 부실 지경이었다.

크루제이커는 바다를 향해 달려가더니 그대로 뛰어들었다. 그리고 물 만난 고기처럼 빠른 속도로 헤엄치기 시작했다.

한 10여 분 동안 신나게 헤엄치고 온 크루제이커는 양손으로 머리에 묻은 물기를 털어내며 환한 미소를 지었다.

"아, 상쾌해……."

"대단한 근육이십니다."

"그러냐? 나의 자랑 중 하나지. 오러를 제대로 익히기 위해선 너도 이런 근육 정도는 만들어야 하겠지만……."

"전 너무 근육만 키운 남자는 별로예요. 약간 말랐으면서 탄탄한 몸매 정도가 딱 좋거든요."

며칠 전 크라켄 다리를 다듬으면서 마리에타가 한 말이 떠올랐다. 그녀를 딸처럼 여기던 터라 차마 레이지를 근육질로 만들 수는 없었다.

"이건 취향에 맞춰 만들면 된다. 빼빼 말랐으면서 나라를 지킨 오러 유저도 있고, 배가 불룩 나왔음에도 그랜드 마스터에 도달한 사람도 있으니까."

크루제이커가 목을 빙빙 돌리자 우두둑 하는 소리가 흘러나왔다.

"넌 지금 오러 랭크 2라고 했지?"

"네."

"그러면 흐음, 윗도리 좀 벗어봐라."

레이지는 스승의 명령에 말없이 옷을 벗었다.

크루제이커의 멋진 근육에 비할 데는 못 되었지만, 나름 탄탄하게 자리 잡은 몸매에서 수련의 흔적이 드러났다.

"해안가가 섬 둘레에 쭉 이어져 있을 거다."

크루제이커는 오른손으로 크게 원을 그렸다.

"한 바퀴 돌고 와."

"네?"

"해안가를 따라 섬 한 바퀴 돌라는 말이다. 뛰어가도 좋고 걸어가도 좋아. 개인적으로는 뛰어가는 쪽을 추천하겠다."

막무가내로 뛰고 오라는 말에 레이지의 입술이 살짝 일그러졌다.

"지금 넌 오러고 뭐고 이전에 체력부터 키워야 해."

"대충 어느 정도 길이입니까?"

"글쎄다. 한 시간 정도 걸리지 않을까?"

"……"

"시간 제한은 따로 두지 않으니 걱정 마라."

그로부터 정확히 한 시간 뒤.

"헉, 헉……"

완전히 녹초가 되어버린 레이지는 거친 숨을 내쉬면서 스승의 앞에 섰다.

"어때, 할 만하냐?"

대답할 기력조차 없었다.

엄청난 거리도 문제였지만 구름 하나 없이 내리쬐는 햇빛이 가장 큰 문제였다. 양쪽 무릎에 손을 대고 허리를 숙이고 있는 레이지의 얼굴에서 땀이 송골송골 맺혔다.

"괜히 근성이니 뭐니 발휘하지 말고 솔직하게 말해."

"엄청… 힘듭니다."

"하지만 대답할 기운은 있지?"

크루제이커는 표정 하나 바꾸지 않고 오른팔을 한 바퀴 획 돌렸다.

"한 바퀴 더."

"네?"

"아까 말했던 것처럼 뛰어도, 걸어가도 좋아. 한 가지 추가하자면 쓰러지더라도 여기에 오고 나서 쓰러져라."

지금의 레이지는 누군가 건드리기만 해도 주저앉을 것 같았다.

하지만 손등으로 땀을 한 번 훔치고서 몸을 일으켰다. 그리고 어금니를 질끈 깨물고 다시 뛰어갔다.

두 시간 뒤.

"대답할 기운도 없지?"

모래사장에 쓰러진 레이지는 죽은 듯 미동도 없었다.

그는 온몸이 땀으로 범벅이 된 채 정신없이 달렸다. 모래사장에서 피어오르는 열기마저 그를 괴롭혔다. 결국 시야에 크루제이커가 들어오자 제멋대로 두 다리에 힘이 풀렸다.

"자, 밥 먹으러 가자. 배고프면 수련도 못해."

"으, 으윽……."

레이지가 낼 수 있는 소리는 오직 신음뿐이었다.

크루제이커는 제자를 가뿐히 등에 업고서 오두막 쪽으로 발걸음을 돌렸다. 콧노래를 흥얼거리는 그에게 살짝 살의까지 일어난 레이지였지만, 극심한 피로에 아무런 말도 할 수 없었다.

3

마리에타는 레이지를 위해 정성껏 점심을 준비했다.

크라켄 다리를 끔찍이 싫어하는 걸 알고 있었기에, 대신 신선한 물고기를 뼈까지 발라내 구워 내놓았다. 숲에서 따온 달콤한 과일과 텃밭에 심어놓은 야채를 곁들였고, 감자를 넣어 만든 수프도 내놓았다.

"레이지, 괜찮아요?"

하지만 막상 크루제이커 혼자서 대부분 먹어치우는 중이었다. 레이지는 부들부들 떠는 손으로 숟가락을 집어 들었지만, 이내 떨어뜨리기를 반복했다.

"아가씨, 좀 이해해 줘. 좀 호되게 굴렸거든."

"그, 그런가요?"

근육질의 남자가 굴렸다고 말하니 마리에타는 자신도 모르게 온몸에 소름이 쫙 돋았다.

"그래도 숨은 붙어 있으니 문제없잖아?"

크루제이커는 수프가 담겨있는 접시를 두 손으로 집어 들더니 후루룩 소리를 내며 단숨에 마셔 버렸다. 모락모락 김이 피어오르고 있음에도 뜨거워하는 기색 한 번 내지 않았다.

레이지는 간신히 힘을 짜내 숟가락으로 수프를 한 숟갈 떴다. 그리고 후후 불어가며 꿀꺽 삼켰다.

"어… 맛있네."

"레이지, 정말이에요?"

레이지의 귀에 마리에타의 기쁜 목소리는 들어오지 않았다.

그는 아주 천천히 수프를 한 숟갈씩 떠가며 마셨다. 손동작이 점점 빨라지는가 싶더니 어느새 한 접시를 비우고서 물을 들이켰다.

"휴우, 잘 먹었다."

"제가 만든 건데, 정말 맛있어요?"

"솔직히 말하겠습니다. 꿀맛 같습니다."

고된 훈련 후에 먹은 음식이어서였을까.

예전 마리에타의 생일 파티 때 먹은 음식들보다 훨씬 감미롭게 느껴졌다.

수프 덕분에 기운을 차린 레이지는 다른 음식에도 손을 뻗었다. 잘 구워진 물고기의 하얀 속살을 허겁지겁 씹어 삼키고 과일을 베어 물었다. 어느덧 식탁에 빈 접시가 차곡차곡 쌓이고 있었다.

"너, 참 운 좋은 거다."

"네?"

정신없이 식사 중이던 레이지는 크루제이커의 뜬금없는 말에 물음표를 띄었다.

"일주일 전만 해도 아가씨가 손 댄 음식들은 도저히 먹을 게 못 되었거든."

마리에타는 살짝 달아오른 볼을 숨기려고 고개를 숙였다.

손에 물 한 번 안 묻혀봤을 귀족 여성이니 어찌 보면 당연한 이야기이다.

"난 남자가 쪼잔하게 음식가지고 투덜대는 걸 경멸해. 그런데도 어쩔 수 없이 싫은 소리 좀 해야 했지."

"전 크루제이커님이 아무 소리 안 하고 드시기만 하길래 괜찮은 줄 알았어요."

"하하하!"

마리에타의 변명에 크루제이커는 너털웃음을 터뜨리며 감자 수프를 한 접시 더 떴다.

"그러더니 아가씨가 부엌에 처박혀 있던 요리 교본을 하루 죙일 탐독하더라. 그리고 이렇게 근사한 식사를 내놓았지."

"평소 마법 시료들을 다루다 보니 양을 맞추는 것에는 제법 자신이 있거든요. 조리하는 시간, 양념의 양, 서로의 맛을 감안한 식재료의 결정……. 이런 것들을 적절하게 조합하면 되는 게 요리던데요?"

원래 머리를 쓰는 일 자체에 탁월한 매직 유저이니 만큼, 요리를 마법과 같은 방식으로 분석해 익히니 쉽기만 했다.

레이지는 그들이 대화를 하든 말든 상관없이 식사에만 열중했다. 결국 모든 식사를 다 먹어치우고 물을 들이켰다.

"지금부터 한 시간 동안 최대한 푹 쉬어라. 잠을 자도 좋고 누워 있기만 해도 괜찮다."

레이지의 행복한 표정이 '한 시간'이라는 단어에 반응하며 사라졌다.

"그리고 그 뒤에 또 달린다."

"계속 달리기만 합니까?"

"지금 네 수준엔 무엇보다 체력부터 키워야 해."

레이지는 두 눈을 감고서 고개를 절레절레 저었다.

'그럴 줄 알았다면 이렇게 많이 먹지 않는 건데.'

뱃속에 우걱우걱 집어넣었던 것들의 몰골을 두 눈으로 다시 확인할 게 뻔했다.

레이지로 다시 살아난 이후 절망이라는 단어는 단 한 번도 생각하지 않았다. 하지만 오늘 반나절 만에 머릿속에 수십 번도 넘게 떠올랐다.

"그동안 혼자서 수련했지?"

"아버님과 종종 대련하긴 했지간 대부분 혼자서 했습니다."

"혼자 수련하다 보면 자신도 모르게 한계점을 낮게 잡아버리거든. 어느 정도 수준에 오르면 한계점 자체를 보다 정확하게 잡지만 낮은 기량일 땐 대부분 그래."

"아……."

예전 샤를로트에게 배울 때에도 들었던 말이었다.

"그럴 땐 누군가 지시하는 훈련량에 맞추는 게 가장 좋아. 그래야 자신이 아닌 타인의 눈으로 정확히 한계점을 찾아낼 수 있거든."

크루제이커의 말에 레이지는 고개를 끄덕이며 납득했다.

물론 그렇다 해서 지옥이 다가오지 않는 것은 아니었지만.

4

오후 3시경.

가장 더울 때인지라 레이지는 땀으로 목욕을 하고 있었다.

'그저 달린다는 게… 이렇게 고통스러운 거였던가.'

그는 숨을 헐떡이면서 앞을 향해 달려가기만 했다.

뜨거운 열기를 들이마시는 것만으로도 숨이 턱턱 막혔다. 땀에 젖고 마르기를 반복한 바지에는 하얀 소금기가 묻어 있었다.

'예전에도 힘들었지만, 이건 성질이 너무 달라…….'

샤를로트에게 마법을 배우던 시절 역시 고난의 연속이었다.

하지만 그때는 정신적인 고통이었지 육체적인 고통과는 거리가 멀었다.

결국 아까 먹었던 점심은 섬을 반쯤 돌던 도중 모조리 게워냈다. 냄새 때문에 바닷가에 뛰어들어 씻긴 했지만, 햇빛에 달구어진 피부에 바닷물의 소금기는 독이나 마찬가지였다.

'아…….'

더 이상 뭔가 생각하기도 싫었다.

그저 이 악몽이 조금이라도 빨리 끝나기만을 빌었다.

* * *

"헉, 헉……."

반짝이는 대머리를 보자마자 쓰러진 레이지의 몸은 온통 모래 투성이였다.

크루제이커는 옆에 내려놓았던 모래시계를 집어 들고 살펴봤다.

"오, 아까보다 빨라졌어."

"그, 그렇습니까?"

레이지는 거듭 심호흡을 하면서 간신히 대답했다.

그나마 아까와는 달리 대답할 기운이 남아 있는 게 다행이라면 다행이랄까.

"속이 텅 비니까 뛰기 쉽지?"

크루제이커의 말에 레이지의 눈이 날카롭게 변했다.

"이렇게 될 걸 알고 있었다면, 왜 굳이 식사를……."

"그렇다고 안 먹고 뛰면 훅 간다."

태연하게 대답하는 크루제이커에게 더 이상 화나지도 않았다. 레이지는 드러누운 채 숨 쉬는 거에만 열중했다.

"휴우……."

10분 정도 지나자 절로 한숨이 길게 나왔다.

여전히 몸은 땀으로 범벅이었지만, 주변의 사물이 눈에 들어올 정도로 정신은 차렸다.

"응?"

문득 눈에 들어오는 것이 있었다.

크루제이커가 서 있는 자리 옆에 세로 방향으로 정렬되어 있는 직선. 처음 한 바퀴 뛸 때도 눈에 들어왔던 표시였다.

"그 표시는 뭘 의미합니까?"

"아, 이거?"

모래바닥에 두 손을 대고 팔굽혀펴기를 열심히 하고 있던 크루제이커는 한 손으로 몸을 지지한 채 레이지를 바라보았다.

"네가 한 바퀴 도는 동안 내가 한 팔굽혀펴기 횟수."

"표시 하나당 열 번입니까?"

정확히 서른하고도 다섯 개였다.

'내가 한 바퀴 도는 시간이 한 시간에서 두 시간 가량이었으니… 350개를 한 시간 반만에 한 건가. 생각보다 안 빠른데?'

"아니, 100번."

"…!"

레이지는 놀란 나머지 상체를 벌떡 일으켜 세웠다.

"그렇게 많이 하셨습니까?"

"그야 당연하잖아?"

다시 두 손을 모래바닥에 댄 크루제이커는 빠른 속도로 팔굽혀펴기를 시작했다.

"난 널 가르치는 스승이기 전에, 그랜드 마스터를 지망하는 랭크 6의 오러 유저라는 점을 잊지 마라. 널 가르친다고 나 자신의 수련에 소홀해지고픈 마음은 눈곱만큼도 없어."

레이지는 말없이 일어섰다.

아직 두 다리가 후들거리고 머리가 띵했지만 계속 누워 있을 수 없었다.

"쉬고 싶으면 더 쉬어도 돼."

"아닙니다. 더 뛰겠습니다."

5

"자, 오늘은 여기까지."

"이제… 끝이로군요."

크루제이커의 말에 레이지는 지친 표정으로 주저앉았다.

레이지는 오늘 하루 동안 섬을 도합 여섯 바퀴를 돌았다. 도는 시간이 빨라지기도, 늦어지기도 했지만 마지막 세 바퀴는 도중에 단 한순간도 쉬지 않았다.

"너 참 독하다. 잘도 버티더라?"

'그야 스승이 나보다 더 열심히 훈련하는데 요령 피울 수야 없지.'

레이지는 물 먹은 솜처럼 무거워진 몸을 천천히 일으켜 세웠다. 하늘을 바라보니 어느덧 해가 지고 별이 반짝이고 있었다.

"이렇게 하면 몸에 무리가 오지 않습니까?"

"당연히 오지. 수명도 줄고."

수명이라는 말에 레이지의 표정이 살짝 굳어졌다.

"하지만 너, 복수가 목적이라며?"

"네."

"설마 복수를 꿈꾸면서 60살 넘을때까지 편히 살 생각은
아니겠지?"

그의 말에 레이지는 문득 30여 년 전을 떠올렸다.

스승의 장례식장에서 복수를 결심했던 바로 그때.

자기 자신의 행복 따윈 바라지도 않았다. 오래 살아봤자 복
수를 할 수 없으면 죽은 거나 마찬가지라 생각했다.

"복수를 꿈꾸는 인간이라면 수명 10년 정도 줄어드는 건
대수롭지 않게 여길 텐데?"

"그렇습니다."

"그렇다고 진짜 수명이 팍팍 줄어드는 건 아니니까 겁먹지
마라."

크루제이커는 레이지의 어깨를 툭툭 다독인 뒤 오두막 쪽
으로 걸음을 옮겼다.

레이지는 우두커니 하늘을 바라보며 멈춰 서 있었다.

"그래, 그랬지."

＊　　　＊　　　＊

혼자서 오두막으로 돌아온 레이지는 침대 위에 눕자마자
잠들어 버렸다.

그가 돌아오길 기다리던 마리에타는 쥐죽은 듯이 눈을 감

고 있는 레이지를 바라보며 희미하게 미소 지었다.

'도대체 그 복수가 무엇이길래……'

자신과 동갑인 소년을 이렇게 부추키는 걸까.

이해할 수 없었다.

그를 만나기 위한 일념 하나만으로 여기까지 왔고, 그 복수를 도와주겠다고 선뜻 말했다. 능력이 안 된다면 키워서라도 보탬이 되겠다고 결심했다.

'레이지, 언젠간 나에게도 말해주겠죠?

마리에타는 이불을 가지고 와 레이지에게 덮어주었다.

그리고 레이지의 머리를 살짝 들어올려 베개를 끼어주고 방 밖으로 나갔다.

"아가씨, 저 녀석 기다리느라 너무 늦은 거 아냐?"

"아니에요."

크루제이커의 걱정 어린 말에 그녀는 싱긋 미소 지었다.

"슬슬 자야지? 나야 원래 잠이 적지만 한창 나이대엔 아니잖아."

"마법서 좀 뒤적이다가 잘 거예요."

"무리하지 말라고. 저놈이야 훨씬 더 브리해야겠지만."

크루제이커는 어깨를 매만지며 오두막 밖으로 나갔다. 그리고 도끼를 양손으로 쥐고 장작을 패기 시작했다.

마리에타는 졸린 눈을 매만지며 레이지 옆의 방으로 들어갔다.

"나도 분발하지 않으면 안 돼."

단순히 레이지의 옆에 머무는 것만으로는 부족하다.

그에게 실질적인 도움을 주는 역할을 해야 한다. 그가 원하는 것은 자신과 험난한 길을 같이 갈 파트너이지, 달콤한 사랑을 속삭일 연인이 아니기에.

마리에타는 책장 위에 꽂아둔 마법서를 꺼내 펼쳤다.

엘번 섬에 온 이후 적응하느라 미쳐 펼쳐보지 못했던 책.

그의 노력에는 턱없이 부족하겠지만, 어떻게든 그 폭을 좁히고 싶었다.

그녀는 시선을 레이지가 있는 방을 향한 뒤 살며시 미소를 지었다.

"좋은 꿈 꾸도록 해요, 레이지."

6

소년은 감았던 두 눈을 천천히 떴다.

평상시와 다를 바 없는 마탑 안의 연구소.

평소 습관대로 깔끔하게 정리된 책장과 책상 위엔 먼지 하나 묻어 있지 않았다. 처음 들어왔을 때엔 그렇게 넓어 보이던 방이었지만, 7년이 지난 지금에선 작게만 느껴졌다.

소년은 손을 내밀어 책상 위를 천천히 어루만졌다. 몇 달 전만 하더라도 소년의 스승이 앉아서 마법서를 해석하던 그

장소였다.

「샤를로트 스승님…….」

소년은 스승 앞에서 불러보지 못했던 스승의 이름을 애달프게 불렀다.

7년.

눈코 뜰 새 없이 바쁘게 지나간, 스승과 함께 했던 시간.

항상 행복하지만은 않았다. 스승의 엄함에 남몰래 눈물을 훔쳤던 것도 한두 번이 아니었다.

하지만 그 스승이 없는 지금은 그때가 너무나 행복하게만 느껴졌다.

「스승님, 저와의 약속을 지키시지 않으셨지요.」

반드시 돌아오겠다는 굳은 약속.

하지만 스승은 절대 돌아올 수 없는 곳으로 떠나 버렸다.

「저 역시 스승님과의 약속을 어기겠습니다.」

복수라는, 허망한 목적에 절대 매달리지 말라는 스승의 당부.

하지만 그 스승이 소년의 곁을 떠난 이상 지킬 이유는 조금도 남아 있지 않았다.

「복수라는 일념, 그 하나만을 끝까지 밀어붙이겠습니다.」

스승의 친구 호리스는 끝까지 소년을 만류했다.

그녀가 못다한 삶을 대신 행복하게 사는 것만이 그녀를 위한 길이라면서.

하지만 차디찬 땅 속에 파묻힌 스승을 떠올리며 행복해질
수는 없었다.

소년은 어깨에 배낭을 짊어지고 오른손에 펜던트를 강하
게 쥐었다.

「스승님이 계신 곳으로 따라간다 하여도!」

『불멸의 대마법사』 3권에 계속…

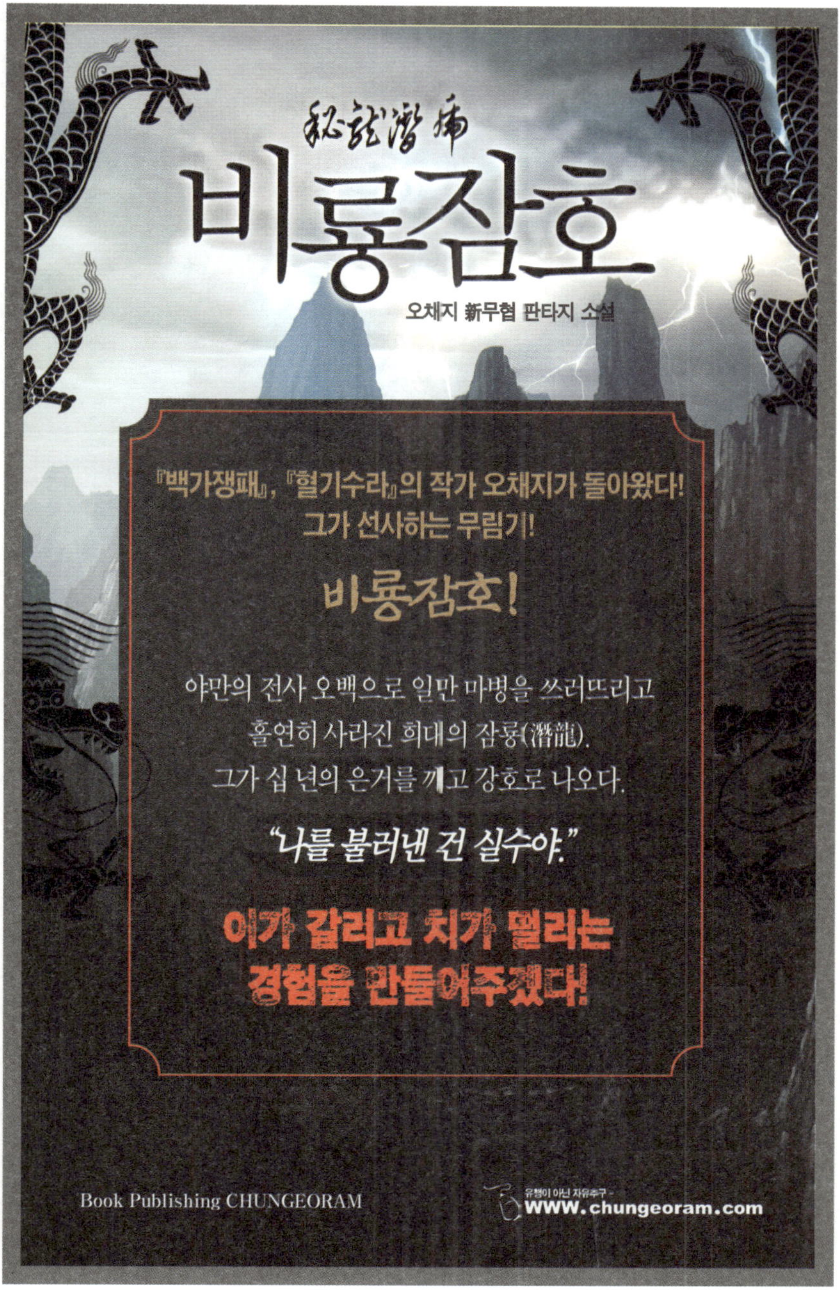

비룡잠호
오채지 新무협 판타지 소설
『백가쟁패』, 『혈기수라』의 작가 오채지가 돌아왔다!
그가 선사하는 무림기!
비룡잠호!
야만의 전사 오백으로 일만 마병을 쓰러뜨리고
홀연히 사라진 희대의 잠룡(潛龍).
그가 십 년의 은거를 깨고 강호로 나오다.
"나를 불러낸 건 실수야."
이가 갈리고 치가 떨리는
경험을 만들어주겠다!
Book Publishing CHUNGEORAM
유행이 아닌 자유추구 -
WWW.chungeoram.com

장강삼협
長江三峽

조돈형 新무협 판타지 소설

『궁귀검신』, 『마도십병』, 『운룡쟁천』의
작가 **조돈형**
그가 장강의 사나이들과 함께 돌아왔다!

굽이쳐 흐르는 거대한 장강의 흐름 속에서
선혈처럼 피어나 유성처럼 지는 사내들의 향취!

장강삼협(長江三峽)!

하늘 아래 누구보다 올곧았던 아버지의 시신을 이끌고
고향으로 돌아온 유대웅을 기다리고 있던 것은
천오백 년의 시공을 뛰어넘은 패왕(霸王)의 무(武)와 검(劍)!

패왕칠검(霸王七劍)과 팔뢰진천(八雷振天)의 무위 아래
천하제일검(天下第一劍)으로 우뚝 설 한 소년의 일대기!

장강의 수류는 대륙을 가로질러
이윽고 역사가 된다!

Book Publishing CHUNGEORAM

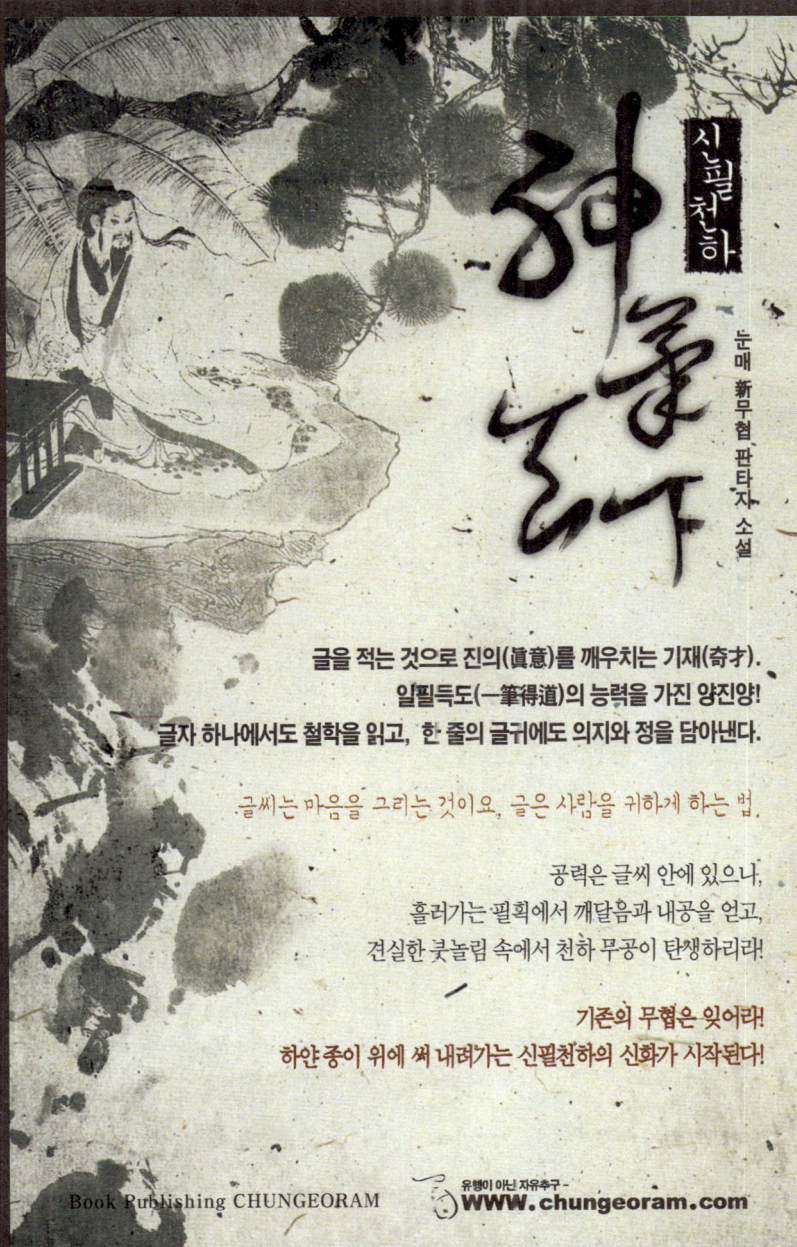

神筆천하

新무협 판타지 소설

눈매

글을 적는 것으로 진의(眞意)를 깨우치는 기재(奇才).
일필득도(一筆得道)의 능력을 가진 양진양!
글자 하나에서도 철학을 읽고, 한 줄의 글귀에도 의지와 정을 담아낸다.

글씨는 마음을 그리는 것이요, 글은 사람을 귀하게 하는 법.

공력은 글씨 안에 있으니,
흘러가는 필획에서 깨달음과 내공을 얻고,
견실한 붓놀림 속에서 천하 무공이 탄생하리라!

기존의 무협은 잊어라!
하얀 종이 위에 써 내려가는 신필천하의 신화가 시작된다!